디아스포라 기행

추방당한 자의 시선

ディアスポラ紀行

追放された者のまなざし

디아스포라 기행
추방당한 자의 시선

서경식 지음 | 김혜신 · 최재혁 옮김

2006년 1월 16일 초판 1쇄 발행
2022년 2월 21일 초판 15쇄 발행
2023년 9월 20일 개정판 1쇄 발행
2024년 11월 20일 개정판 2쇄 발행

펴낸이 한철희 | **펴낸곳** 돌베개 | **등록** 1979년 8월 25일 제406-2003-000018호
주소 (10881) 경기도 파주시 회동길 77-20 (문발동)
전화 (031) 955-5020 | **팩스** (031) 955-5050
홈페이지 www.dolbegae.co.kr | **전자우편** book@dolbegae.co.kr
블로그 blog.naver.com/imdol79 | **인스타그램** @dolbegae79 | **페이스북** /dolbegae

편집 이하나 · 김유경
표지디자인 김민해 | **본문디자인** 이은정 · 이연경
마케팅 심찬식 · 고운성 · 김영수 · 한광재 | **제작 · 관리** 윤국중 · 이수민 · 한누리
인쇄 · 제본 상지사 P&B

ISBN 979-11-92836-27-0 (03830)

책값은 뒤표지에 있습니다.

디아스포라 기행
추방당한 자의 시선

서경식 지음

김혜신·최재혁 옮김

돌베
개

일러두기

1 이 책은 2006년 출간된『디아스포라 기행: 추방당한 자의 시선』의 내용을 일부 수정하고, 새로운 서문을 수록한 개정판이다.

2 본문의 각주는 초판 편집자 주이다.

3 본문에 인용된 글은 일본어판 원서『ディアスポラ紀行: 追放された者のまなざし』(岩波書店, 2005)에 수록된 인용문을 옮긴 것이며, 권말에 원 출처를 밝혔다.

『디아스포라 기행』은 2006년 1월에 한국에서 출간되었다. 초판 발행 이후 17년이 지나 개정판이 나온다 하여 그동안의 경위를 돌아보고 소감을 조금 덧붙이기로 했다. 일본어판 원서는 2005년 7월에 나왔다. 토대가 된 글은 월간지《세카이》世界 2004년 6월호부터 2005년 4월호까지 11회에 걸쳐 연재한 에세이다.

당시 나는 도쿄의 한 대학에 직장을 얻은 지 얼마 되지 않았고 나이도 아직 50대 초반이었다. 출판사에서 원고 청탁을 받고서 무슨 주제로 어떻게 써야 할지 망설였지만, 제안만은 꼭 받아들여야겠다는 직감으로 밀어붙였던 기억이 있다.

나는 일본에서 태어난 재일조선인이기에 일본과 조선 사이에서 생긴 이른바 '역사 문제'를 비롯해 직접 경험해온 일본 사회의 조선인 차별 문제와 같이 써야 할 것들이 적지 않았다. 내가 직면한 과제는 수많은 선배의 노고에 용기를 얻으면서도 그런 주제를 어떻게 '독자적인' 관점으로 서술할 수 있을까, 하는 것이었다. 교과서 같은 글로 끝내버리고 싶지 않았다.

여러모로 고민한 끝에 '디아스포라 기행 ― 추방당한 자의 시선'이라는 제목을 정했다. 여기에 담은 생각을 개정판을 위한 글에서 간단히 풀어놓고 싶다. 책을 집필하던 시기에 일본 학술계 일각에서 '디아스포라' 연구가 일종의 지적 유행 같은 현상으로 나타났다. '유행'이라고 해도 사회 전체에 영향을 미칠 만큼 큰 움직임은 아니었지만, 서구의 최신 담론과 동향이 일본까지 유입되었던 셈이다. 하지만 나는 딱 잘라 결론을 내지 못하겠다는 생각이 들었다. 디아스포라 연구의 대상은 단지 이주자에 그치는 것이 아니라 제국주의나 식민 지배의 결과로 국가로부터 비호의 기회를 빼앗긴 난민, 이민, 유랑민을 포함한다. 그렇기에 '일본'이라는 국가, 또는 '일본인'이라는 다수자에게는 재일조선인을 포함한 조선 민족(한민족)이야말로 디아스포라의 전형이어야 한다. 하지만 일본인 연구자에게 그런 자각이 모자란 듯했다. 식민 지배의 당사자 의식이 부족한 듯 보였던 것이다. 전문 연구자도 아닌 내가 감히 논의에 참가하고자 한 까닭은 '재일조선인'이라는 당사자로서 그 입장을 발언해야 한다는 책임 의식 때문이었다.

'디아스포라'는 말할 것도 없이 역사적으로 많은 곤경을 강요당해온 민중을 의미한다. 20년 전인 2003년은 미영 연합군의 이라크 불법 침공이 강행된 해다. 그 후 중동 지역은 혼란의 소용돌이로 빠져들었고 '아랍의 봄'으로 불린 민주화운동의 성과도 짓밟혀버렸다. 내전이 일상화한 시리아에서는 수많은 난민이 나라를 떠나 여기저기로 흩어졌고 유럽에서는 난민 배척의 움직임이 거세졌다. 미국에서도 중남미에서 들어오는 난민에 반대하는 목소리가 드높아 멕시코 국경에 벽을 쌓은 트럼프가 한때 대통령에 당선되었고, 지금도 차기 선거에 출마를 표명했다. 이러한 세계적인 배외주의 동향을 지지하는 사람들이 강고히 존재하며 점차 확대되고 있는 현실인 것이다. 이탈리아에서는 급증하는 아프리카 난민을 규제하고 배척하려는 목적으로 '비상사태 선언'이 발표되기도 했다.

러시아의 우크라이나 침공이 장기화되면서 곳곳이 파괴되고 방대한 희생자, 난민을 낳았지만 전쟁 종식은 기미조차 보이질 않는다. 제2차세계대전의 국제질서를 그럭저럭 떠받쳐오던 유엔은 완전히 기능 부전 상태에 빠졌다. 핵무기 사용까지 현실화하는 느낌이 든다. 고향에서 쫓겨나 거처를 잃은 사람들의 고뇌는 점점 깊어진다. 디아스포라에게 지금은 실로 혹독한 한겨울이다. 유럽에서도, 혹은 우리가 사는 동아시아에서도, 수십 년간 봉인되어왔던 핵무기가 사용될 날이 닥쳐올지도 모른다는 최악의 예감마저 든다. 푸틴의 러시아를 옹호할 여지는 물론 없지만 서방 세계가 일방적인 정의라고도 말할 수 없다.

순진하다고 비웃을지 모르지만 이런 생각을 해보게 된다. 푸틴이 국가주의를 부르짖지 않고 '여러 민족의 평등을 거쳐 불가피한 통합에 이르는 길'을 목표로 내건 소련 사회주의의 이상을 지키겠다고 선언했다면, 즉 소비에트연방의 붕괴가 사회주의 사상의 보편적 이념이나 이상을 포기하는 결과로 끝맺지 않았다면, 나아가 서방 측의 자본주의를 능가하는 평화, 인권, 피억압 민족과 소수자 해방 같은 인류 보편의 이상을 어렴풋하게나마 불 밝혀왔더라면 세계의 상황이 지금과 같지는 않았으리라고.

디아스포라가 고난을 당하는 이유는 단적으로 말해 그들이 국가를 갖지 못한 사람들이기 때문이다. 그렇지만 거꾸로 말하면, 국가 없는 세계에 대한 희망(감히 '희망'이라 말해두자)을 잉태할 보편적 사상이 그들로부터 펼쳐질 수 있다는 뜻도 된다. 이것이 제2차세계대전 후의 세계에서 새롭게 태어나야 할 '희망'이었지만, 이 '희망'은 지금 크게 위협받고 있다. 전 세계의 디아스포라들은 여전히 기나긴 고난의 길을 걷는 중이다.

이 책의 제목에 '디아스포라'를 붙일지 처음에는 꽤 주저했다. '디아스포라'는 말할 필요도 없이 아직 충분히 무르익은 용어가 아니다. 이 개념 자체가 현재 진행 중인 정치와 정세에 영향받고 있기 때문이다. 예컨대 에드워드 사이드는 디아스포라라고 쓰지 않고, 일관되게 '에그자일(추방자)'Exile이라는 말을 사용했다. 용어가 지닌 정치성(특히 시오니즘과의 관계)이 그 이유였으리라고 나는 추측한다. 그런 용어의 정치성까지 섬세하게 마음에 새기면서 현실의 변혁이라는 과제로부터도 유리되지 않고 사색을 깊이 이어가고 싶다.

'디아스포라'라는 말은 고대 이래 유대인 및 기독교의 역사와 함께 제법 널리 퍼져왔지만, 아시아에서는 그다지 익숙지 않다. 게다가 한편으로는 나치즘과 반유대주의, 다른 한편으로는 배타적 시오니즘의 문맥에 따라 오해받기도 쉬운 말이다. 나 역시 이 책의 제목만으로 "유대인을 좋아하는가?"라든가 "친이스라엘파인가?" 등등 사실과는 반대되는 비판을 받은 적도 있다. 그래도 나는 이런 점까지 포함하여 한층 확장된 현대적 의미로서 '디아스포라'라는 용어를 쓰기로 마음먹었다. 조금 강하게 표현하면, 디아스포라 개념의 탈구축을 시도했다고도 말할 수 있겠다.

굳이 그런 시도를 한 이유는 프리모 레비, 파울 첼

란, 장 아메리, 슈테판 츠바이크 등 이 책에서도 다룬 유럽 유대계 디아스포라 지식인들의 사색에 강하게 끌렸기 때문이다. 그들이 펼친 사상적 행위에는 유대인이라는 좁은 범위만이 아니라, 근대 이후 힘겨운 시대를 살아가는 전 세계 많은 이(여기에는 물론 우리 '조선 민족'도 포함되어 있다)가 숙고해야만 할 보편적인 호소와 교훈이 담겨 있다. 우리가 스스로를 보다 넓은 시야에서, 보다 긴 척도로 파악하기 위해서도 그들의 사색을 배우는 일이 필요하다.

책의 제목 뒤에 '추방당한 자의 시선'이라는 부제를 붙였다. 이 표현은 직접적으로는 아우슈비츠 수용소에서 목숨을 빼앗긴 화가 펠릭스 누스바움의 자화상을 응시하다가 생각해냈다. 다시 말하지만 '디아스포라'란 '국가의 비호에서 추방된 자'라는 뜻이다. 나치 지배 아래의 유대인은 분명 국가의 비호에서 추방된 자의 전형이었다. 자화상 속 누스바움의 시선은 지금도 그 점을 끊임없이 호소하고 있다.

이 책에서는 디아스포라를 이해하고자 글로 쓴 텍스트뿐 아니라, 다양한 예술 작품에도 눈을 돌렸다. 디아스포라를 더욱 깊이 이해하기 위해서는 문자로 된 텍스트에만 의거할 것이 아니라, 비문자 텍스트에 자극받은 상상력의 도움이 절실하다고 생각했던 까닭이다.

제목에 '기행'을 붙이고, 대상을 관찰하여 서술하

는 작가 자신의 위치를 끊임없이 유동하는 상태로 두
는 것, 아울러 많은 예술 작품을 참조하며, 말하자면
작품들과 대화를 통해 서술해나가는 형식을 선택한
것 또한 지금까지 이야기한 문제의식에서 비롯했다.

프리모 레비는 국가를 갖지 않은 사람들로서 유대
인에게 디아스포라적 아이덴티티의 중요성을 강조했
다. 이와 대비되는 것은 군사력으로 뒷받침된 국가의
힘을 필수적이라고 강조하는 시오니스트적 아이덴티
티일 터이다.

디아스포라는 힘이 없는 사람들이다. 시오니즘 같
은 국가주의를 낳기도 했지만, 디아스포라는 본래 비
무장·비폭력적 존재다. 그 점을 아이덴티티의 핵심으
로 삼고 있는 셈이다. 이런 의미에서 재일조선인 역시
분명히 '무력'無力한 사람들이다. 국가들이 무력武力을
경쟁하는 지금 같은 국면에서는 더더욱 그렇다. 그런
디아스포라가 현재의 고통스러운 처지에서 버텨내고
살아남는 일이 가능하다면, 인류사의 미래상에 새로운
대안을 제시하는 일도 가능할지 모른다. 그런 날은 과
연 올 수 있을까?

내가 한국 사회에 디아스포라라는 용어를 보급했
다고 말하는 사람들도 있다. 이 용어에는 고대부터 내
려오는 역사적·문화적 배경이 있으며 현재에는 주로
서구 포스트콜로니얼 연구와 관련된 학계에서 널리

알려져 있기에 내가 보급했다는 말은 물론 사실이 아니다. 다만 이 용어와 개념을 좁은 학계에서 해방시켜, 일반인도 폭넓게 이해할 수 있도록 도왔다는 말 정도는 허용될지도 모른다. 이를테면 나이지리아계 영국인 잉카 쇼니바레와 재일조선인이라는, 이전이라면 쉽게 묶을 수 없었던 사람들을 결부하여 사색할 수 있게 한 것이다. 이러한 새로운 관점이 주어짐으로써 우리가 붙들려 있던 종래의 발상에서 조금이라도 자유로워질 수 있다면 다행이겠다.

이 책을 처음 펴내고 20년 가까운 시간이 흘렀다. 돌이켜 보면 코로나 팬데믹과 우크라이나 등에서 벌어진 전쟁과 시련을 겪어왔고, 민주주의와 인권을 중심으로 생각하는 보편적 이상이 급속히 퇴색해간 시절이었다. 각 국가가, 특히 권력자들이 노골적으로 이상을 외면하고 자신들의 이권에만 매달리는 시대, 이상을 향한 냉소가 횡행하는 시대다. 개인적으로는 20여 년의 대학 근무를 마치고 50대의 장년기에서 70대 초로의 시기로 발을 들여놓았다. '늙은 재일 디아스포라'에게 이 세계의 전망은 암울하다.

그래도 한 가지 기쁜 일은 이 책이 한국의 독자에게 오랫동안, 진지하게 읽히고 있다는 것이다. 예를 들면 작년(2022년 5월) 인천 디아스포라영화제 관련 기획으로 이 책을 원작으로 삼은 연극 〈디아스포라 기행〉

이 상연되었다(극단 서울괴담, 구성 이종찬, 연출 유영봉).
책을 쓸 당시 나는 소수의 일본 독자만을 염두에 두었
으므로 이 책이 한국에서 읽히고 연극으로까지 만들
어지리라고는 상상도 하지 못했다. 책은 나의 내면에
서 일어나는 상념을 독백조로 묶은 터라 말 그대로 극
적인(드라마틱한) 요소는 거의 없다. 과연 연극으로 각
색이 가능할지 회의적이었다. 평가는 내가 아니라 관
객의 몫이겠지만 연극 관계자뿐 아니라 관객 사이에
서도 디아스포라에 대한 이해가 착실히 깊어지고 있
음을 느꼈다. 식민 지배에 이어 국토 분단을 겪고, 세
계 각지로 흩어져 끊이지 않는 전쟁의 위협에 처한 조
선 민족에게 그만큼 디아스포라를 향한 공감대가 형
성되어 있다는 뜻이 아닐까. 만약 그렇다면 앞길은 엄
혹하더라도 새로운 연대를 가능케 하는 보편성의 지
평이 조선 민족의 앞으로 펼쳐질 수 있을지도 모른다.

2023년
서경식

이 책의 집필을 마친 후 내 마음속에는 다시 프리드리히Caspar David Friedrich 그림 속 나그네의 뒷모습이 떠올랐다(본문 90쪽 그림 참조). 이 그림은 1818년, 나폴레옹 전쟁이 끝나고 구왕정의 부활을 꾀한 '복고주의'가 지배하는 빈체제하에서 그려졌다. 자유주의자들이 숨죽이고 침묵해야만 했던 시기다. 프리드리히의 친구도 '선동자'라는 혐의를 쓰고 탄압받았으며, 프리드리히에게도 수사의 손길이 미쳤다.

　고독한 나그네의 눈길은 '근대'로 이어진다. 진보와 반동이 격돌을 거듭한 그 도정에서 근대 국민국가가 형성되고, 사람들은 '국민'으로 편성되었으며, 식민 지배와 세계 분할이 강행되었다. 그 길은 두 차례의 파국적인 세계 전쟁과 대학살로 이어지는 길이었다.

　200여 년이 지난 지금, 나는 나 자신이 그 나그네

처럼 혼자 서 있는 것만 같다. 고갯길에 선 내 눈앞에는 '근대'에서 '근대 이후'로 이르는 길이 뻗어 있다. 그 길은 구름과 안개의 바다에 뒤덮여 앞을 잘 가늠할 수 없다.

얼마 전, 세계화가 진전되고 인구 이동이 급격히 증가함에 따라 국민국가의 문턱이 차츰 낮아져 결국 소멸하리라는 관측이 회자되던 때가 있었다. 그러나 그것은 소박한 낙관론에 지나지 않았다. 오늘날 점점 많은 사람들이 디아스포라가 되어 세계를 유랑하고 있지만, 국민국가의 장벽은 여전히 견고하다. 이스라엘의 팔레스타인 점령 지구를 둘러싼 그 높고 무자비한 분리 장벽을 보라. 그 벽은 팔레스타인인들의 땅뿐만 아니라 우리 모두의 내면까지도 무참히 가르고 있다.

나는 근대 국민국가의 틀로부터 내던져진 디아스포라야말로 '근대 이후'를 살아갈 인간의 존재 형식이 앞서 구현되고 있는 것이라 생각한다. 그러나 그것이 인류에게 보편적으로 받아들여지기까지 앞으로 얼마나 더 곤란한 길을 거쳐야만 할 것인가.

가산 카나파니Ghassan Kanafani와 에드워드 사이드 Edward Said. 내가 '디아스포라적 자기 인식'을 정립하는 데에는 이 두 팔레스타인인의 영향이 컸다.

카나파니는 1948년 제1차 중동전쟁 때 열두 살의

나이로 난민이 되었다. 신문 교열 사원, 교원 등의 직업을 거쳐 작가가 되었고 PFLP(팔레스타인해방인민전선)의 대변인으로 활동했으나, 1972년 베이루트에서 차에 설치된 폭탄이 터지며 살해되었다.

1969년에 쓴 『하이파에 돌아와』A'id ila Hayfa는 그의 마지막 작품이다. 팔레스타인 난민인 중년 부부가 고향 마을 하이파를 20년 만에 방문한다. 두 사람의 고향 하이파는 제1차 중동전쟁 때 이스라엘 영토가 되었다. 난민이 되어 고향에서 쫓겨난 두 사람은 요르단강 서안West Bank에서 살았다. 그러나 그 요르단강 서안도 1967년 제3차 중동전쟁 때 이스라엘 점령 아래 놓이게 되었다. 그 결과 아이로니컬하게도 두 사람은 다시 고향을 찾을 수 있게 된다. 그러나 두 사람이 찾아낸 집에는 폴란드에서 이주해 온 나이 든 유대인 여성이 살고 있었다. 그뿐 아니라 혼란스러운 피난의 와중에 잃어버렸던 장남을 그 여성이 자기 아들로 키우고 있었다. 지금은 이스라엘 병사가 된 장남은 낳아준 부모인 두 사람에게 "20년간 그냥 울기만 했는가, 눈물로는 잃어버린 것을 되찾을 수 없다"고 비난한다.

진정 고향을 잃어버렸음을 깨달은 주인공은 아내에게 이렇게 말한다.

"조국이란 말이지, 이런 모든 일이 일어나서는 안 되는 곳이지. (…) 나는 진짜 팔레스타인을 찾고 있는 거야. 추억 이상의 팔레스타인을. 공작 깃털이나 자식이나 계단 벽의 낙서가 아닌 진정한 팔레스타인을."

여기서 나타난 '조국'의 이미지는 그대로 나 자신의 것이 되었다. 디아스포라에게 '조국'은 향수 속에 있는 것이 아니다. '조국'이란 국경에 둘러싸인 영역이 아니다. '혈통'과 '문화'의 연속성이라는 관념으로 굳어버린 공동체가 아니다. 그것은 식민 지배와 인종차별이 강요하는 어떤 부조리도 일어나서는 안 되는 곳을 의미한다. 우리 디아스포라들은 근대 국민국가를 넘어선 저편에서 '진정한 조국'을 찾고 있는 것이다.

사이드는 2003년 3월 3일 미국과 영국 양국 군대에 의한 이라크 침공을 비통한 심정으로 지켜본 지 반년 만에 뉴욕에서 백혈병으로 세상을 떠났다. 여기서 그가 남긴 말을 한마디 인용하고자 한다. 재일조선인인 내가 '너희에게 희망은 없다'는 선고를 받을 때마다 항상 기억하는 말이다.

아무래도 내가 있는 곳은 최후의 변경이며 나는 최후의 하늘을 보고 있는가 봅니다. 그 앞에는 아무것도 없고 우리의 운명이 멸망해가는 것임을 알고 있지만, 그래도 여전히 우리는 '여기서부터 어디로 가는 것일까' 묻습니다. 우리는 다른 의사의 진단을 받고 싶습니다. '너희는

죽었다'는 말만으로는 납득할 수 없습니다. 우
리는 앞으로 나아가고 싶은 것입니다.

이 책에는 '바깥'(외부)이라는 말이 종종 나온다.
그것은 '국민'이나 '민족'이라는 개념의 틀 바깥에서
살아온 나에게 자연적이고 필연적이기도 한 감각이다.
1966년 여름, 고등학교 1학년이던 나는 태어나 처음으
로 조국 땅을 밟았다. 재일본대한민국거류민단이 한국
정부와 연계해 실시한 '교포 학생 모국 하계학교' 행사
에 참가하기 위해서였다. 충청남도가 고향인 할아버
지가 일본에 건너간 것이 1928년이었으니까 그로부터
약 40년 후인 셈이다. 같은 단체의 교포 학생들과 함께
우리말 교육과 반공 교육을 받았다. 휴전선 견학에도
참가했다. 조국은 상처투성이였고 가난했다. 거지 소
녀와 껌팔이 소년이 나이 차이도 얼마 나지 않는 나에
게까지 들러붙어 떨어지지 않았다. 해방 후 나의 아버
지가 일본에 머물지 않고 조국으로 귀환했다면 나도
이 아이들처럼 구걸을 하고 껌을 팔고 있었을 것이다.
그들이야말로 나의 동포다. 그들은 나다. 그렇게 느꼈
다. 그러나 나는 그러한 조국의 현실 '바깥'에 서 있었
던 것이다.

나의 두 형은 1960년대에 조국으로 유학을 떠났
고, 도쿄의 사립대학에 진학한 나도 졸업 후에는 형들

처럼 조국에 유학할 예정이었다. 그러나 형들이 정치범으로 투옥되어 나의 계획은 불가능한 것이 되었다. 다행히 형들은 군사정권이 막을 내릴 즈음 출옥했으나, 그때까지 일본이라는 '외부'에서 살아온 나는 이미 마흔 살이 되어 있었다.

그 후 짧은 여행으로 여러 차례 한국을 찾았으나 생활할 기회는 갖지 못한 채 세월이 흘렀다. 다시 말하면 나는 여전히 '외부'에 머물러 있었으며, 진정한 의미에서 '내부' 사람들과 만나지는 못했던 것이다.

그런 내가 올봄부터 한 대학에서 꽤 오랜 기간 객원 연구원으로 머물게 되었다. 지금까지는 상상도 할 수 없었던 일이다. 처음으로 조국 땅에서 생활하며 '내부' 사람들과 만날 기회가 주어진 것이다. 첫 조국 방문 때 열다섯 살이었던 나는 지금 쉰다섯 살이다.

'내부' 사람들은 이 책을 어떻게 읽을까? 잘 이해해줄까? 과연 대화는 가능할까……. 실은 나는 낙관하지 않는다. 고등학생 때 그랬던 것처럼 내게 조국은 반드시 편안하기만 한 장소는 아닐 것이다. 그래도 나는 차이를 지닌 채 진행될 '외부'와 '내부'의 대화에 기대를 품고 있다. 그런 곤란한 대화를 거치고서야 비로소 '외부'와 '내부'라는 개념의 장벽을 넘는, 새로운 '우리'의 모습을 모색할 수 있을 테니까.

이 책은 일본의 월간지 《세카이》에 2004년 6월부
터 2005년 4월까지 11회에 걸쳐 연재한 에세이 「디아
스포라 기행」을 가필한 것이다(일본어판은 이와나미출판
사에서 같은 제목으로 2005년 7월에 출간되었다). 정치·사
회·사상·문학·예술 등 종래의 장르 구분에는 잘 맞지
않는 글이 되었다. 그것은 '디아스포라'라는 주제 자체
가 종래의 사고나 담론의 틀에 담기지 않는 것과 마찬
가지다.

이 책이 근현대미술사 연구자인 김혜신 씨라는 최
적의 번역자를 얻은 것은 다행한 일이었다. 돌베개의
김희진 씨가 편집을 담당해주었다. '외부'로부터 내는
나의 목소리가 '내부' 사람들의 마음에 가닿는다면, 그
것은 김희진 씨의 열의 덕이다. 두 분에게 깊이 감사드
린다.

2006년 1월
서경식

차 례

마르크스의 무덤 • 자폭하는 세계 • 프리모 레비 •
자폭의 일상화 • 11층의 창 • 우리 망명자들 • 일본인의 마음 •
사자의 국민화 • 불사의 공동체 • 파르지팔 • 성배의 민족

망월동 • 어떤 누나 • 풀 덮인 무덤 • 광주여 영원히! • 비엔날레 •
나는 누구인가 • 시린 네샤트 • 붉은 하이힐 • 넓은 바다로 •
침묵 • 맨홀 • 재일의 인권전 • 활자구

아웃 오브 블루 • 도쿠멘타 • 싫은 느낌 • 이중의 디아스포라 •
아름다운 열대 풍경

수레바퀴 자국에 고인 물 속의 붕어

세계 각지를 여행한 지 어언 20년이 된다. 돌이켜 보면 여행 중 나의 눈과 마음을 끄는 것들은 항상 어딘가 디아스포라와 연관되어 있었다. 그건 내가 디아스포라이기 때문이다. 그래서 지금부터 쓰기 시작하는 글을 '디아스포라 기행'이라고 명명하기로 했다. 그런데 '디아스포라'란 어떤 의미인가, 왜 나는 스스로를 디아스포라라고 느끼는 걸까.

대문자의 디아스포라Diaspora라는 말은 본래 "'이산'離散을 의미하는 그리스어"이자 "팔레스타인 땅을 떠나 세계 각지에 거주하는 이산 유대인과 그 공동체를 가리킨다"고 한다.[1] 그러나 그것은 물론 사전상의 의미에 지나지 않는다. 오늘날 '디아스포라'라는 말은 유대인뿐 아니라 아르메니아인, 팔레스타인인 등 다양한 '이산의 백성'을 좀 더 일반적으로 지칭하는 소문자 보통명사diaspora로 사용하는 경우가 많아졌다.

콜럼버스의 신대륙 착륙 이후 수백만, 일설에 의하면 2,000만에 이르는 아프리카인들이 신대륙으로 끌려갔다. 그들과 그 자손을 '블랙 디아스포라'라고 부르기도 한다. 또 19세기 이후부터 많은 중국인이 쿨리苦力, coolie라는 모멸에 찬 이름의 하층 노동자가 되어 세계 각국으로 퍼져나갔는데 이들이 '차이니스 디아스포라'다.

이전에 미국 서해안을 여행하던 중 차를 타고 샌프란시스코에서 요세미티 국립공원으로 향하는 길에 그 이름도 '차이니스 캠프'라는 마을을 지나친 적이 있다. 대륙횡단철도의 건설공사에 투입된 중국인 노동자들의 숙영지였던 곳이다.

이 글에서 나는 근대의 노예무역, 식민 지배, 지역 분쟁 및 세계 전쟁, 시장경제 글로벌리즘 등 몇 가지 외적인 이유에 의해, 대부분 폭력적으로 자기가 속해 있던 공동체로부터 이산을 강요당한 사람들 및 그들의 후손을 가리키는 용어로서 '디아스포라'라는 말을 사용하고자 한다.

조선 사람들 역시 과거 한 세기 동안 식민 지배, 제2차세계대전과 한국전쟁, 군사정권에 의한 정치적 억압 등을 경험해, 상당수에 달하는 사람들이 뿌리의 땅인 한반도로부터 세계 각지로 이산했다. 코리안 디아스포라는 현재 대략 600만 명이라고 한다. 재일조선인은 그 일부이며 나는 그중 한 사람이다.

근대 제국주의 국가들에 의한 세계 분할과 식민지 쟁탈전 이후, 전 세계에서 대체 얼마나 많은 사람이, 눈물을 머금고 태어나 자란 땅을 뒤로했을까. 더욱이 그들 디아스포라는 이주한 땅에서도 언제나 '이방인'이며 소수자다. 다수자는 대부분 '조상 대대로 전해 내려온 토지·언어·문화를 공유하는 공동체'라는 견고한 관념에 안주하고 있다. 그러한 상황 안에 있는 한 다수자들에게는 소수자의 진정한 모습은 보이지 않으며 그 진정한 목소리도 들리지 않을 것이다.

고정되고 안정된 것처럼 보이는 대상도 그것을 보는 쪽이 불안정하게 움직일 때는 달리 보인다. 다수자들이 고정되고 안정적이라고 믿는 사물이나 관념이 실제로는 유동적이며 불안정한 것이라는 사실이, 소수자의 눈에는 보인다. 이 글은 '나'라는 한 사람의 디아스포라가 런던, 잘츠부르크, 카셀, 광주 등을 여행하면서, 각각의 장소에서 접한 사회적 양상과 예술 작품을 테마로 현대의 디아스포라적 삶의 유래와 의의를 탐색하려 한 시도다. 디아스포라라는 존재의 모습이 근대 특유의 역사적 소산이라고 한다면, 이 시도는 디아스포라의 시선으로 '근대'를 다시 보는 것, 그리고 '근대 이후' 인간의 가능성을 탐구하는 것이기도 하다.

재일조선인이란?

그럼 어떻게 써나갈 것인가. 나는 누구인가 하는 설명에서부터 시작하는 것이 상식적일 터이다. 그런데 그게 쉽지가 않다. 나는 누구인가? 어디에서 왔는가? 왜 여기에 있는가? 지금까지 인생의 여러 국면에서 얼마나 여러 번 이 물음과 마주해왔던가.

내 아버지 서승춘은 1928년, 여섯 살이라는 어린 나이에 할아버지를 따라 한반도의 충청남도에서 일본으로 건너왔다. 나는 그의 넷째 아들로 1951년 교토시에서 태어났다. 그러니까 나는 재일조선인 2세다.

이처럼 글로 쓰면 단 몇 줄이지만, 여기서 벌써 번잡스러운 주석을 덧붙여야만 다음으로 나아갈 수가 있다. '재일조선인'이라는 개념에 대한 인식이 공유되지 않은 상태이기 때문이다.

현재 일본 사회에서는 '재일한국인'이라는 호칭과 '재일조선인'이라는 호칭이 애매하게 뒤섞여 존재하는데, 후자를 일본에 거주하는 '조선민주주의인민공화국(이하 '북한' 혹은 '북조선'으로 줄임) 출신자' 혹은 '북한 국민'으로 오해하는 사람들이 적지 않다. 동시에 '재일한국·조선인'이라든가 '한국어'라는 말도 자주 쓰이는데 이들 용어는 모두 재일조선인이 형성된 역사에 대한 무지의 소산이라 할 수 있다. 또한 '조선'과

'한국'은, 전자는 '민족'을 후자는 '국가'를 나타내는 용어이며 관념의 수위가 다르다. 혼란은 이와 같은 개념상의 구별이 애매한 상황에서 발생하는 것인데, 그 배경에는 '민족'과 '국민'을 동일시하는 것에 의구심을 갖지 않는 단일민족국가 환상이 뿌리 깊게 가로놓여 있다.

조선 민족의 생활권은 현존하는 국가들의 경계를 넘어, 조선반도(한반도)의 남북은 말할 것도 없고, 일본, 중국, 구소련의 중앙아시아 국가들, 북미, 유럽, 중남미 등으로 확장되고 있다. 그 사람들을 뭐라고 총칭할 것인가. 나는 현재로서는 '조선인'이라는 말이 가장 적합하다고 생각하는데, 한편에서는 '한국인'이나 '한인'이라고 해야 한다는 입장도 있다. 최근 일본에서는 외래어 표기 문자인 가타카나로 '코리안'コリアン이라고 부르는 사람들도 있다. 구소련의 조선 민족은 스스로를 '고려 사람'이라고 부른다. 이처럼 민족의 호칭 문제 하나를 보아도 속 시원한 통일은 어렵다. 이런 상황 자체가 식민 지배, 민족 분단, 민족 이산을 경험해온 조선 민족의 현실을 말해주고 있는 것이다.

나는 '한국인'이라는 말을 민족의 총칭으로 삼는 것은 부적절하다고 생각한다. '한국'이란 민족 전체의 광대한 생활권의 관점에서 보면, 그 일부를 차지할 뿐인 국가의 호칭에 불과하기 때문이다. 따라서 '한국인'

이라는 호칭은 국민적 귀속을 나타내는 한정된 의미로 사용되어야 한다. 앞에서도 말했듯이, 나는 재일조선인 2세지만, 국적은 '한국'이다. 내 경우 민족적으로는 '조선인'이며 국민으로서는 '한국인'인 것이다.

독자들은 여기서 이미 '참 복잡하구나' 생각할 것이다. 그러나 앞으로 더 복잡한 것을 써 내려가야 한다. 디아스포라에 대해 생각한다는 것은 그런 것이다.

모어와 모국어

나의 모어母語는 일본어지만 모국어母國語는 조선어다. '조선어'라는 말을 사용하는 것도 앞에서 말한 것과 같은 이유 때문이다. '한국어'라고 하면 한국이라는 한 국가의 '국어'를 가리키게 되기 때문에 민족어의 총칭으로서는 '조선어'라는 말이 적합하다.

일본에서 모어와 모국어의 구별을 의식하고 있는 사람은 극소수지만, 원래 양자는 근본적으로 다른 개념이다. 실제로 일어난 일을 예로 들어보자. 일제 식민지 시기에, 조선의 어느 소학교에서 한 조선인 학생이 넘어졌을 때 엉겁결에 "아야!"라고 외쳤다가, 선생님으로부터 꾸지람을 듣고 심한 체벌을 받았다고 한다.

당시로서는 드문 일이 아니었다. "아야!"는 일본

말로 "이타이(아파)!"다. 여기서 학생에게 "아야!"는 모어이며 "이타이!"는 강요된 모국어다. 다른 예를 하나 더 들자. 태어나서 처음으로 조상의 땅인 한국을 방문한 재일조선인 3세가, 모여든 친척에게 "곤니치와" 하고 인사를 했다가, "한국 사람이라면 '안녕하십니까' 정도는 말할 줄 알아야지"라며 꾸지람을 들었다. 여기서 이 재일조선인에게 "곤니치와"는 모어이며 "안녕하십니까"는 모국어다.

다나카 가쓰히코田中克彦에 따르면 모어는 "태어나서 처음으로 익혀 자신의 내부에서 무의식적으로 형성된 말이며 한번 익히면 그로부터 벗어날 수 없는" "근원의 말"이다. 통상 그것은 모친으로부터 아이에게 전달되기 때문에 '모어'라고 한다.[2]

한편 모국어란 자신이 국민으로서 속해 있는 국가, 즉 모국의 국어를 가리킨다. 그것은 근대 국민국가에서 국가가 교육과 미디어를 통해 구성원들에게 가르쳐, 그들을 국민으로 만드는 장치이다. 모어와 모국어가 일치하는 경우는 국가 내부의 언어 다수자들뿐이며, 실제로 어느 나라에든지 모어와 모국어를 달리하는 언어 소수자가 존재한다. 그 존재를 무시하거나 망각하고, 아무런 의심 없이 모어와 모국어를 동일시하는 것도 단일민족국가 환상의 소행이라고 하겠다.

일반적으로 언어 소수자란 하나의 국가 내부에서,

그 나라의 다수자와는 다른 모어를 가진 사람들을 가리킨다. 예를 들어, 영국의 웨일스인, 스페인의 바스크인, 중국의 위구르인 등이 그들이다. 일본이 조선을 지배했던 시기, 일본은 조선 사람들의 모어를 부정하고, 일본어를 국어로 가르치는 정책을 철저히 고수했다. 즉, 당시 조선 사람들은 대일본제국의 언어 소수자였다.

게다가 재일조선인의 경우, 사태는 한층 복잡하게 꼬여 있다. 나 자신도 그렇지만, 재일조선인의 대부분은 일본에서 태어났기 때문에 일본어를 모어로 해서 성장한다. 즉 재일조선인은 일본의 다수자 쪽에서 보면 같은 모어를 지닌 소수민족(에스닉 마이너리티)이며, 본국(한국 또는 북한)에서 보면 같은 민족이면서 모어를 달리하는 언어 소수자인 셈이다. 식민지 피지배자의 후손이면서, 옛 식민 종주국에서 태어난 탓에, 지배자의 국어를 모어로 하는 아이로니컬한 운명을 짊어진 것이다.

재일조선인과 국적

나는 태어나서 50년 남짓을 죽 일본에서 살고 있지만, 국적은 '한국'으로 '일본'이 아니다. 선거철이 되면 가끔, 투표를 부탁하는 전화가 걸려올 때가 있다. 전에 고등학교 동창생이 지방선거에 출마했을 때, 동창회 명부에서 보았는지 나에게 비슷한 용건으로 전화를 했다. 참정권이 없음을 내 쪽에서 설명해야 하는 것은 기분 좋은 일은 아니며, 때로 "어, 왜?"라고 저쪽에서 물어오기라도 하면 말문이 막혀버린다. 요즘은 그런저런 상황이 귀찮아 일일이 진지하게 설명하지 않고 건성으로 대답하면서 전화를 끊는다.

일본이라는 국가는 재일조선인의 지역 참정권조차 인정하지 않고 있지만, 그 사실을 알고 있는 일본인은 결코 많지 않다. 그뿐 아니라 우리가 일본 국민과 똑같이 세금을 납부하고 있다는 것을 아는 사람도 많지 않다. 그들에게 납세는 하지만 참정권이 없다는 이야기를 하면, 대개 "원, 심하군요"라고 동정의 반응을 보인다. 그것까지는 좋은데 이어서 "당신은 완전히 일본 사람인데……"라고 덧붙이는 경우가 있다. 우리들 재일조선인은 '일본인'이 아니다. 과거 일본은 동화정책, 황민화 정책에 의해 조선 사람들을 '완전한 일본인'으로 개조하려고 한 적이 있다. '완전한 일본인'이라는 말을 듣고 기분이 좋을 리가 있을까?

재일조선인은 크게 나와 같은 '한국 국적 소지자', '조선적 소지자', '일본 국적 소지자'의 세 부류로 나뉜다. 여기서 '한국 국적' 소지자란 사실상, '한국 국민'

과 거의 동일한 의미다. 그럼 '조선적' 소지자는 북한의 국민인가 하면 그렇지가 않다. 일본이 조선을 '병합'한 1910년대 이후 조선 사람은 '야마토大和 민족'과 똑같은 천황의 '신민'이 되어, 싫건 좋건 일본 국적을 지니게 되었다. 할아버지는 대략 80년 전에 당시의 내지內地인 일본으로 건너오셨다. 그때 할아버지는 '외국인'으로 일본에 이민 온 것이 아니라 일본 국적 소지자로서 일본국의 영토 안에서 이동했던 것이다.

당시 조선 사람과 야마토 민족 간에는 가혹한 차별이 존재했지만 적어도 국적상 조선 사람은 '일본 국민'이었으며, 일본 국민으로서 일본 내지뿐 아니라 중국 대륙과 사할린, 남양군도에 이르기까지 대일본제국이 식민 지배와 점령의 촉수를 뻗친 전 지역으로 퍼져나갔다. 나아가 1939년 이후의 총력전 시기에는 대략 70만에서 100만에 이르는 조선인 노동자가 내지의 탄광, 광산, 토목공사 현장, 군수공장 등에 강제로 동원되었다. 그 결과 1945년 일본 패전시에는 적게 잡아도 230만 이상의 조선인이 일본 내지에 거주하고 있었다.

일본은 패전 후 즉각 재일조선인을 비롯한 구식민지 출신자의 일본 국적이 연합국과의 강화조약이 체결될 때까지 유효하다는 견해를 표명하고, 구식민지 출신자도 일본 국민과 마찬가지로 일본국의 법에 복종할 의무가 있음을 강조했다. 재일조선인이 자력으로 설립·운영하고 있던 민족 학교를 폐쇄하도록 명한 것도 이런 논리에 따른 조처였다. 그러던 중 1947년, 재일조선인을 외국인으로 간주한다는 외국인등록령이 선포되었다. 이것이 쇼와昭和 천황 최후의 칙령이었다.

　‘외국인’으로 간주된 재일조선인들은 외국인 등록 수속을 할 때, 자기의 ‘국적’을 신고하고 기입해야 했다. 그러나 이 시점은 한반도에서 민족 분단을 둘러싼 대립이 심화된 상태로, 조선 사람들의 독립국가는 아직 성립되지 않은 상황이었다. 국가가 없었던 것이다. 그런데 국적을 신고하라는 것이다. 할 수 없이 많은 재일조선인은 국적란에 ‘조선’이라고 기입했다. 그것은 ‘조선’이라는 국가의 국민이라는 의미가 아니라 조선반도 출신, 조선 민족의 일원이라는 의미, 즉 국적이 아니라 민족적 귀속을 나타내는 기호였다.

일본 국적의 박탈

이듬해인 1948년, 38선의 남과 북에서 ‘대한민국’과 ‘조선민주주의인민공화국’이 각각 국가 수립을 선언했다. 마침내 일본으로부터 독립했는데 서로 격렬하게 대립하는 분단국가가 되어버린 것이다. 1950년에는 조선전쟁(한국전쟁)이 발발해, 1953년의 휴전협정에 이르기까지 전투가 계속되었다. 일본 패전 후 7년째인 1952년, 전쟁이 한창이던 그때 샌프란시스코 강화조약이 체결되어 조약의 발효와 함께 재일조선인 및 구식민지 출신자들은 일본 국적 상실을 일방적으로 통보받았다. 강화조약 회담장에는 한국·북한·재일을 불문하고, 조선인 대표는 일절 참가할 수 없었다. 다시 말하면 당사자인 조선 사람들의 의향을 전혀 묻지 않은 채, 국적 상실 선언이 이루어진 것이다. 식민지 시대에 한반도에서 일본에 건너온 사람, 강제로 연행된 사람, 그 자손으로 일본에서 태어난 사람, 모든 재일조선인이 한순간에 사실상 난민이 되었다.

그 후 시간이 경과하며 재일조선인 가운데 외국인 등록상의 국적란을 '조선'에서 '한국'으로 고치는 사람들이 서서히 늘어갔다. 재일한국인의 대부분은 조선반도 남쪽 출신이다. 지금은 한국 영토인 그 지역에 고향이 있고 친척과 연고자들이 살고 있으며 조상의 산소도 있다. 그런데 냉전 체제 속에서 한반도의 남북 분단 상태가 고착화된 탓에, '조선적'인 채로는 고향에 오갈 수도 없었다.

게다가 일본 정부는 북한과의 대립을 강화하는 한편, 1965년 한일기본조약을 체결하며 한국만을 상대로 국교를 맺었다. 이 조약의 최대 문제점은 일본 정부가 식민 지배의 책임을 마지막까지 인정하지 않았다는 것이다. 그리고 이에 못지않게 큰 문제는 재일조선인의 거주권 부분에서 '한국 국적'과 '조선적' 간에 부당한 차별을 두어, '조선적'을 유지하는 사람들에게 지극히 불안정한 법적 지위를 강요한 것이다.

'조선적'에서 '한국 국적'으로의 기재 변경은 대한민국에 국민 등록을 해야 한다는 조건을 전제로 하고 있었다. 즉 남과 북으로 나뉜 분단국가 중에서 남쪽의 국민으로 귀속할 것을 강요했다. 외국인 등록상의 '한국'이라는 기호가 사실상 한국 국적을 의미하는 것은 이 때문이다. 시점을 달리해보면 재일조선인이라는 집단은, 일본 정부와 한국 정부가 합작해 행사한 압력에 의해 둘로 갈라져 한편은 난민 상태를 강요당하고, 다른 한편은 한국 국민이라는 틀 안에 갇힌 것이라고 할 수 있다.

그런데도 오늘날까지 여전히 '조선적'을 지니고 있는 사람들이 존재한다. 그중에는 자각적으로 북한의 국민이고자 하는 사람들도 있지만, '본시 조선은 하나'라는 생각을 소중히 간직하려는 사람들, 재일조선인이 형성된 역사의 기록을 지키고자 하는 사람들, 자발적인 난민으로서 기꺼이 불리한 지위를 택하고자 하는 사람들, 또는 단지 기재 변경을 할 기회가 없었던 사람들 등 다양한 입장이 뒤섞여 존재한다.

앞서 말한 것처럼 나 자신은 '한국 국적' 소지자

다. 아버지가 일찍이, 아마도 1960년대 전반에 '한국 국적'으로 기재 변경을 했다. 국적이 한국인 나는, 일본에서 태어나고 자라 일본에 집과 직장이 있지만, 한국 여권이 없으면 일본에서 해외로 나갈 수가 없다. 또한 일본 정부의 재입국 허가가 없으면 내 집으로 돌아올 수도 없다. 무슨 일이 일어날 경우 나를 외교상으로 보호할 의무가 있는 것은 일본 대사관이나 영사관이 아니라, 한국의 재외공관이다. 그러나 한국 정부가 정말로 나를 보호해주리라는 보장은 없다.

한국이 군사정권하에 있던 1970년대와 1980년대, 한국에 있던 나의 두 형은 정치범으로 투옥되어 있었다. 당시 한국 정부는 여권 발급 업무를 재외국민 통합을 위한 정치적 수단으로 행사하고 있었기 때문에, 반정부적이라고 간주된 사람에게는 쉽게 여권을 발급해주지 않았다. 내 경우 여권 신청을 할 때마다 영사로부터 '면담'을 요구하는 호출이 있었다. 그 영사는 당시 중앙정보부라는 부서에서 파견된 정보대책·치안대책 전문 관리였다. 호출에 응해 면담을 가면 옥중의 형들을 전향시켜 협력하게 하라는 등의 요구를 했다. 호출에 응하지 않으면 1년이고 2년이고 그대로 방치해두는 것이다.

갖은 불쾌한 경험을 하고 어찌어찌 여권을 손에 넣어 해외에 나갈 수 있게 된 나는 설사 어떤 재난에

부닥치더라도 한국 대사관에만은 도움을 요청할 수 없다고 생각하며 항상 극도로 긴장해 있었다. 형들을 투옥해 고문하고 있는 정부가 나를 보호해주리라고 믿을 수 없었기 때문이다. 지금은 믿어도 될까. 나는 아직도 안심할 수 없다.

무국적 상태

'조선적'을 가진 재일조선인은 현재까지도 사실상 무국적 상태다. 예외적으로 북한의 여권을 취득한 사람도 있지만, 일반적으로 여행·유학·상용 등의 목적으로 해외에 나갈 때는 여권 없이 일본국이 발행하는 '재입국 허가증'만을 가지고 출국하게 된다. 만약 해외에서 불의의 사고나 사건을 당해도 외교보호권을 행사해줄 나라는 존재하지 않는다.

　지인인 K씨는 '조선적'을 가진 한 중견기업의 기술직 사원이다. 집안이 넉넉지 못했기 때문에 다섯 형제·남매 중 대학에 진학할 수 있었던 이는 K씨뿐이었다. 인품은 좀 답답할 정도로 온건하고 과묵해서, 감정을 겉으로 드러내는 일도 좀처럼 없었다. 회사에서는 조선인이라는 것을 감추지 않고 본명을 쓰고 있지만, 좋은지 싫은지 동료들은 그 사실을 마음에 두고 있는 것 같지 않았다. K씨도 그런 담담한 직장 분위기에 만족하고 있었다.

그러던 그가 수년 전 어느 날, 상사로부터 처음으로 독일 출장 발령을 받고서는 크게 당황했다. '조선적' 소지자인 자신에게 그것은, 불가능하지는 않을지라도 극도로 번거로운 일이라는 걸 알고 있었기 때문이다. 우물쭈물하고 있으면 출장을 꺼리는 것으로 상사에게 오해를 살지도 모르는 상황이었다. 그러나 '조선적'이라는 입장의 복잡한 사정을 설명한다 한들 상사가 제대로 이해해줄 것인가. 어쩌면 상사는 "그럼 국적을 바꾸라"고 하는 게 아닐까. 그것도 순전히 선의에서.

애당초 그 스스로 자신의 복잡한 입장을 충분히 이해했다고 보기도 어렵다. 눈에 넣어도 아프지 않을 만큼 이쁜 딸이 "우리 반 아무개는 하와이로 가족 여행 갔다 왔대. 우리 집은 안 가?"하며 졸라도, 그는 "우리 집은 다른 집과는 다르단다"라고 애매하게 대답해왔다. "왜?"라고 거듭 물어오면 언제나 그대로 입을 다물어버렸다. 그러니까 그는 가족여행으로 가까운 온천에 1박 2일 다녀오곤 했는데, 기념사진 속의 딸은 조금 불만스러운 표정이었다.

설이나 추석 때 친척들이 모여 술자리가 벌어지면, 택시를 모는 손위의 사촌은 언제나 불만인지 허세인지 구분이 안 가는 말을 반복한다. 차 안에 의무적으로 명기하게 되어 있는 승무원증에 본명을 쓰는데, 그것 때문에 승객으로부터 불쾌한 일을 당하지 않는 날이 없다는 것이다. "특히 밤에 유흥가에서 탄 승객은 심하다, 이것이 우리 서민이 경험하는 현실이다, 너 같은 엘리트는 모를 것이다"라며.

친척 중에는 벌이가 좋은 자영업자도 있지만, 대부분은 택시나 트럭 운전수, 파친코 가게나 음식점 종업원, 그렇지 않으면 재일조선인이 경영하는 중소기업 사원들이다. 그런 점에서 자신은 이공계 대학을 나와 일본 기업에 취직해, 해가 갈수록 불만 없는 급료를 받고 있다. 기술 분야에서라면 관리직으로 승진할 수 있는 가능성도 있다. 아버지 세대에는 생각도 못 했던 일이다.

실감하는 것은 아니나 역시 자신은 엘리트인가 보다고 K씨는 생각한다. 이 사촌처럼 노골적으로 불쾌한 일을 당한 적도 별로 없으니까. 그렇지만 해외여행에서 돌아온 동료가 작은 선물을 돌리면서 "요즘은 너무 간단해서 국내 여행하고 전혀 다를 게 없어"라고 쉽사리 얘기하는 걸 들으면, 납득할 수 없는 감정을 꿀꺽 삼키곤 한다. 동료들은 그가 조선인이라는 것을 마음에 두고 있지 않지만, 그것은 조선인인 자신이 안고 있는 문제에 무관심하다는 뜻이기도 하다.

수레바퀴 자국에 고인 물 속의 붕어

K씨는 그런 생각을 하지만 말로 잘 설명할 수 있을 것 같지는 않아, 취기 오른 사촌의 불평에 잠자코 고개를 끄덕일 뿐이다. 결국 K씨는 번거로운 절차를 거쳐 '재입국 허가증'을 손에 쥐었다. 정식 여권이 없으므로 독일에 입국할 때 또 한고비 겪을지도 모른다. 사고라도 당하면 어느 나라 영사관에 상담해야 할까, 그것도 모르는 채로 어쨌든 출장을 떠날 수 있었다.

다수자에게는 당연한 것, 사소하기까지 한 것을 위해 K씨는 얼마나 번거로운 과정들을 겪어야 하는가. 그로 인해 어떤 불안에 처하는가. 그리고 그것에 일본은 어떤 책임이 있는가.

여기까지 읽은 독자들은 '역시 복잡하군' 하며 한숨을 쉴지도 모르겠다. 그러나 이 복잡한 상태를 만들어낸 1차적인 책임은 일본에 있다. 그리고 이 복잡함을 풀어내고 이해하는 것은 당사자인 재일조선인들에게 지극히 곤란한 일이다. 그래서 많은 재일조선인은 어떠한 연유에서 어떠한 구조에 의해 스스로의 아이덴티티가 분열되어 있는가를 이해하지 못하고, 항상 막연한 불안과 긴장을 강요당하고 있다. 이것은 재일조선인뿐 아니라 현대의 디아스포라 모두가 경험하고 있는 일일 것이다.

수레바퀴 자국에 고인 물 속의 붕어

1983년, 내 나이 서른두 살 때 처음으로 유럽 여행을 떠났다. 당시는 어둠침침한 지하실에 던져진 듯 무엇 하나 확실한 것이 없고, 내일의 자신조차 상상할 수 없는 상태였다. 그러나 어느덧 20여 년의 세월이 흘러, 돌이켜 보니 그동안 1년에 두세 번은 해외를 여행한 셈이다.

여행을 떠나면 미술작품을 감상하거나 음악, 연극 등 예술을 접하는 것이 즐거움이라 할 수 있다. 그 견문을 가지고 기행문이나 에세이를 써왔다. 그러나 다시 생각해보면 그것은 여행의 확실한 목적이라고 할 만한 것은 아니다. 일부러 여행을 떠난 이상, 아무것도 안 할 수는 없으니까 미술관이나 극장으로 발걸음을 옮기는 감도 없지 않다. 아무런 목적도 없이 여행을 떠나는 것은 기분상 찝찝하니까 무리해서 목적 비슷한 걸 갖다 붙이는 것이다. 여행지에서는 즐거움보다 우울과 고통을 느끼는 때가 많은데 그건 젊을 때나 지금이나 마찬가지다.

그러면 대체 무엇 때문에 여행을 떠나는가?

구태여 말한다면 일본 바깥의 공기를 마시기 위해서다. 일본이라는 공간은 내게 있어서 조금씩 공기가 희박해지는 지하실과 같다. 아니면 염천에 달구어져

지글지글 수분이 증발해가는 작은 웅덩이와 같다.

루쉰魯迅은 이런 말을 했다.

> 장자는 "말라가는 수레바퀴 자국에 고인 물 속
> 의 붕어涸轍鮒魚는 침으로 서로의 몸을 적신다"
> 고 했다. 그리고 또 이렇게 덧붙였다. "흐르
> 는 물과 넓은 호수에서 서로 잊어버리는 게 낫
> 다." 하지만 슬프게도 우리는 서로를 잊을 수가
> 없다.

루쉰이 만년에 쓴 「나는 사람을 속이고 싶다」의
한 구절이다. 일본어로 쓴 이 글은 잡지 《가이조》改造
1936년 4월호에 게재되었다.

> 마지막을 앞두고 피로 개인의 예감을 덧붙여
> 써 감사를 표합니다.

루쉰은 이 글을 발표한 해 10월에 세상을 떠났다.
이듬해인 1937년 7월, 루거우차오蘆溝橋 사건*이 일어

---

* 펑타이豐台에 주둔하고 있던 일본군이 야간 훈련을 하던 중 몇 발의 총성이
울렸다. 일본군은 이를 빌미로 즉각 군대를 출동시켜 중국군을 공격했고 바
로 다음 날 루거우차오를 점령했다. 며칠 후 양측은 협정을 맺고 사건을 일
단락시켰으나 일본이 계속해서 군대를 증파하고 이에 중국군이 반발해 결

나 일본과 중국 사이에 전면 전쟁이 시작되었다. 글 속의 '우리'란 중국 사람과 일본 사람을 뜻하는 것이리라. 일본인에게 보낸 유서라고도 할 수 있는 글이다. 그야말로 피로 쓴 것 같은 이 글은 언제부터인지 내 머리를 떠나지 않게 되었다. 웅덩이의 비유도 여기서 나온 연상이다.

앞에 나온 기술직 사원 K씨는 고생 끝에 처음으로 일본 밖으로 여행을 떠나 시베리아 상공에서 창밖으로 끝없이 펼쳐지는 대지를 내려다보며 자기도 모르게 눈물을 흘릴 뻔했다고 한다. 유럽은커녕 친척이 사는 한국에도 간 적이 없었던 것이다. 태어나면서부터 죽 일본이라는 비좁은 웅덩이의 한구석에서 살아왔으며 그게 당연하다고 생각해왔다. 얼마나 답답한 곳에 갇혀 있었던 것인지. 그런 생각이 시베리아 상공에서 그를 강렬하게 덮쳐왔다.

루쉰의 글 속에 나오는 '우리'는, 조선 사람과 일본 사람으로 바꿀 수도 있을 듯하다. 슬프게도 조선 사람과 일본 사람은 서로를 잊을 수가 없는 것이다.

비유하자면, 옛날 강과 호수에 있던 우리의 조상은 식민 지배라는 홍수의 시대에 일본이라고 하는 수레바퀴 흐름 속으로 끌려들어 간 것이다. 큰물이 빠진

국 중일전쟁으로 번지게 되었다.

후 강호로부터 떨어져 나온 수레바퀴 자국 웅덩이 속에 우리들은 남았다. 물은 지글지글 말라간다. 내가 여행을 떠나는 것은 붕어가 산소 부족에 허덕이며 수면 위로 얼굴을 내미는 것과 같다.

그렇게 일본이 살기 힘들다면 왜 일본으로 돌아오는가? 왜 일본을 영영 떠나지 않는가? 이렇게 묻는 사람들의 얼굴이 보인다. 천진하게 물어보는 사람도 있고, 싫으면 나가라는 듯이 말하는 사람도 있다. 실제로 재일조선인들 중에는, 일본이 정말로 싫어져 해외 이주를 하는 사람이 늘고 있다. 그러나 그렇게 할 수 있는 이들은 경제력이나 특별한 능력을 지닌 소수뿐임을 조금만 생각해보면 알 수 있다.

재일조선인의 대다수가 일본 식민 지배의 결과 의도하시 않은 재 이 나라에서 태어났다. 때문에 이 나라의 언어밖에 모르고, 여기밖에는 집이 없고, 여기밖에 직장이 없고, 여기밖에는 친구도 아는 사람도 없다. 다시 말하면, 삶의 기반이 여기 외에는 없는 것이다. 어떤 때는 완곡하고 부드러운 말로, 어떤 때는 거친 목소리로 싫으면 나가라고 하는 말을 들어가면서, 그래도 여기밖에는 살 곳이 없는 것이다.

I

죽음을 생각하는 날

런던 2001년 12월

마르크스의 무덤

2001년 12월, 나는 열흘 정도 런던에 머물렀다. 특별한 용건이 있었던 것은 아니다. 얼마 전 화제를 모으며 개관한 현대미술관 테이트모던을 찾는 것, 셰익스피어의 연극을 한두 편 보는 것, 필하모니아 관현악단과 BBC 교향악단의 연주를 듣는 것, 대충 이런 것들이었다.

　런던에 온 건 몇 번째인가? 정확한 기억은 아니지만 네댓 번째는 될 것이다. 젊을 때는 렌터카를 빌려 스코틀랜드며 웨일스를 도는 것도 큰 즐거움이었다. 스코틀랜드의 북쪽 끝, 하일랜드 지방에는 두 번이나 들렀다. 두 번째 갔을 때 에든버러에서 인버네스로 차를 달려 북상해, 거기서 서쪽으로 더 간 스카이섬의 던베건이라는 마을에서 하룻밤을 묵었다. 돌아올 때는 남쪽으로 내려와 포트윌리엄을 거쳐 글렌코를 지나 글래스고까지 갔다.

　언제나 인적이라곤 거의 없다. 키가 작은 관목들만이 여기저기 흩어져 있을 뿐, 달리 나무다운 나무도 없다. 나지막하게 굽이치는 대지가 히스 꽃에 뒤덮여 황량하게 펼쳐진다. 크고 작은 호수가 나타났다 지나쳐간다. 바다가 가깝고 표고가 낮기 때문인지 늘 강한 서풍이 불고, 눈앞에서 뭉게뭉게 짙은 먹구름이 솟아오르고는 사라져간다. 하늘은 달음질치며 사라지는 구

름에 끌려가듯 금세 흐려지는가 하면, 다음 순간 황금
빛 화살과도 같은 햇살이 구름 틈새로부터 대지를 찌
른다.

그럴 때 죽음을 생각한다. 필멸이라는 인간의 운
명을 절절하게 느낀다. 죽는다면 이런 곳이 좋겠다고
생각한다.

1983년 나는 유럽 여행을 떠났다. 10대에 두 번 한
국에 갔던 것을 제외하면 태어나서 처음으로 일본 밖
으로 나가게 된 것이다. 서른두 살이었다. 형 둘이 한
국의 옥중에 갇히고 부모님은 일본에서 앞서거니 뒤
서거니 돌아가신 직후였다. 나는 직장이 정해진 것도
아니었고 앞으로의 인생이 어떻게 될지도 전혀 알 수
없었다.

네덜란드, 벨기에, 프랑스, 이탈리아, 독일, 스페인
그리고 영국을 3개월 동안 무엇인가에 홀린 듯 그림을
보며 돌아다녔다. 여행이 끝날 무렵, 내일이면 일본으
로 돌아가야 할 날, 나는 카를 마르크스의 무덤을 찾았
다. 1983년 12월 1일이었다.

마르크스의 무덤은 런던 교외 하이게이트 공동묘
지에 있었다. 날이 추웠다. 여행 안내서에 의지해 지하
철을 타고 하이게이트역까지 갔는데, 그 광대한 묘지
의 입구를 찾을 수가 없었다. 지나가는 사람에게 "마

런던 2001년 12월

르크스의 무덤이 어디지요?"라고 물어도 고개만 갸웃거리기에 유명한 철학자라고 덧붙였더니, "아아, 그 유고슬라비아인지 어딘지의……"라는 대답이 되돌아왔다. 그 유명한 마르크스도 여기서는 수많은 망명자 중 하나에 지나지 않는 모양이었다.

카를 마르크스는 1818년 라인강 왼편의 도시 트리어에서 유대인의 아들로 태어났다. 부친은 차별받지 않고 변호사 일을 계속하려고 당시 프로이센의 지배적 종교였던 프로테스탄트로 개종했다.

마르크스가 런던으로 망명한 것은 1849년으로, 프리드리히 엥겔스와 함께 『공산당 선언』*Manifest der Kommunistischen Partei*을 저술한 이듬해의 일이었다. 이후 34년간 망명지인 영국에서 살다가 1883년 3월 14일 세상을 떠났다. 그 역시 한 사람의 디아스포라였던 것이다. 반신

런던 교외 하이게이트 공동묘지에 있는
마르크스의 무덤

반의하면서 행인이 가르쳐준 대로 길을 따라갔더니, 과연 마르크스의 거대한 두상 조각을 얹은 묘비가 나타났다. 거기에는 다음과 같은 비문이 새겨져 있었다.

The philosophers have only interpreted the world in various ways. The point, however, is to change it.
철학자들은 세상을 이런저런 식으로 해석해왔을 뿐이다. 그러나 중요한 것은 세상을 바꾸는 것이다.

「포이어바흐에 관한 테제」 제11항. 『독일 이데올로기』Die Deutsche Ideologie에 수록되어 있는, 스물일곱의 마르크스가 쓴 글이다.

묘비를 찾은 다음 날은 마르크스와 38년간을 함께한 아내 예니가 세상을 떠난 날이었다. (부끄럽지만, 나는 한참 후에야 그것을 깨달았다.) 무덤 주위에 꽃다발이 몇 개 놓여 있을 뿐 주변은 호젓하기까지 했다. 사람의 모습은 전혀 보이지 않고 찬바람이 뼈를 찌른다.

2001년 12월, 다시 찾은 런던에서 나는 이런 생각들을 떠올렸다. 거짓말 같지만 그로부터 18년이 흘렀다. 그날 찬바람에 떨며, 나는 세상을 바꾸기를 얼마나 갈망했던가.

런던 2001년 12월

그때로부터 수년 후, 한국의 군사독재 체제는 종
식을 고했다. 대만, 필리핀 등지에서도 권위주의 체제
가 물러갔다. 남아프리카에서는 아파르트헤이트 체제
가 붕괴했다. 의심할 나위 없이 좋은 변화다. 그러나
팔레스타인의 상황은 악화일로를 달리고 있다. 아프
리카 국가들의 내전, 라틴아메리카 국가들의 빈곤, 어
느 하나 호전의 기미는 없다. 소련과 동구의 사회주의
체제는 붕괴했다. 중국은 사회주의 시장경제로 노선을
바꾸었다. 지금은 시장경제 글로벌리즘의 큰 파도가
전 세계를 뒤덮고 있다. 당시의 나로서는 상상도 하지
못했던 변화다.

　일본은 광란의 향연을 지나 거품경제가 파국을 맞
았다. 1990년대 이후 국기·국가법을 제정*하고 유사법
제 관련 법안을 통과**시켜 자위대를 해외에 파견하는

---

* 　1999년 8월 9일 일본 국회는 '국기·국가에 관한 법률'을 최종 통과시켰다.
　　국호와 관련하여 일본 신화의 태양신을 연상시키는 히노마루를 국기로, 천
　　황이 장수하기를 기원하는 내용의 기미가요를 국가로 법률화한 것이다.
** 　유사법제란 일본이 외부의 무력 공격을 받을 경우 정부의 대응 방침을 명시
　　한 일련의 법제를 말한다. 1977년부터 고개를 든 이 논의는 전쟁 수단을 영
　　원히 포기하기로 한 평화헌법 제9조와 충돌하는 것으로 주변국과 자국 내
　　반대 여론에 밀려 계속 연기되어오다가 2003년 6월 일본 중의원에서 90
　　퍼센트에 가까운 찬성률로 ① 무력 공격 사태 대처 법안, ② 자위대법 개정
　　안, ③ 안전보장회의 설치법 개정안 세 법안이 통과되었다. 일본 정부는 계
　　속해서 국민보호법제, 미국지원법제, 자위대 행동 원활화법제 등의 정비를
　　추진하고 있다.

등 전쟁을 할 수 있는 나라로 급속히 변하고 있다. 수년 내에 헌법 제9조의 개폐 문제가 구체적으로 논의될 것이다. 이런 문제들에 대해서도 이렇게 브레이크 없이 내리막길을 내달리듯 전개될 줄은 예상하지 못했다.

냉전 체제가 무너지면서 '역사는 끝났다'라거나 '세계 전쟁의 시대는 끝났다'라는 말들이 들렸다. 그러나 전쟁은 지금도 계속되고 있다. 빈곤, 기아, 역병, 폭력, 차별은 지구상에서 사라질 것 같지 않다.

변한 것도 있고 변하지 않은 것도 있다. 그러나 확실한 것은 바로 지금, 이 세계에 절망해 어떻게든 세계를 바꾸기를 간절히 바라는 사람들이 존재한다는 사실이다.

마르크스의 무덤은 지금 어떤 모습일까? 찾는 사람은 있을까?

자폭하는 세계

2001년 내가 묵은 호텔은 런던 중심부의 메이페어라는 구역에 있었다. 큰 외관의 오래된 호텔로 노후한 흔적이 여기저기 보였다. 그래서 숙박료는 나 같은 사람도 묵을 수 있는 수준이었다.

티 룸에 들어갔다. 교양 있어 보이는 노부인이 애

프터눈 티를 즐기고 있었다. 그 호텔의 단골손님인 듯했다. 동행 없이 혼자였는데 그것을 배려해 지배인으로 보이는 남자가 다소 과장스러운 인사를 하며 그녀에게 말을 건다. 그 광경이 내가 묵는 내내 매일 판에 박은 듯이 되풀이되었다.

호텔 주변은 이른바 고급 주택가인데 이상할 정도로 사람이 눈에 띄지 않았다. 크리스마스 휴가철이라 더욱 그랬을 것이다. 마블아치에서 에지웨어로드를 따라 북서쪽으로 걸으면 서아시아·아프리카계 사람들이 북적이는 지역이 나오는데 그 근처에서 식사하면 저렴하고 맛이 있었다.

호텔 가까이 있는 미국 대사관은 경계가 삼엄했다. 옆을 지날 때마다 경비하는 경관들이 날카로운 눈길을 던지는데, 동아시아인 풍모인 나에게는 경계를 늦추는 것이 역력히 느껴졌다. 서아시아계나 아프리카계로 보이면 달랐을 것이다. 경관은 나를 일본인이라 생각한 듯했고, "뭐야, 일본인이야"라는 소리까지 들린 것 같다. 일본은 '선진국'—이 세 글자를 쓸 때마다 설명하기 어려운 거부감이 들곤 한다—이며 '대테러 전쟁'의 충실한 동맹국이니까 일단 안심할 수 있다는 태도다. 그렇게 생각하면 유쾌하지는 않다. 경관에게 '일본인이 아니라 재일조선인'이라고 말하고 싶지만 그래본들 아무런 의미도 없으리라.

죽음을 생각하는 날

호텔 방에서 TV를 켜니, 영국 BBC, 미국 CNN, 독일 ZDF, 그 외 어떤 채널이든 연일 아프가니스탄과 팔레스타인에서의 전투를 보도하고 있다. 이즈음 화제는 베들레헴 예수강림교회의 크리스마스 미사에 참가하려고 한 아라파트Yāsir Arāfat PLO(팔레스타인해방기구) 의장을 이스라엘군이 노리고 있다는 것이었다. 이스라엘 쪽에서 봐도 이런 무의미한 이지메 같은 행동을 해서 굴욕을 강요당한 편의 반발을 사면 얻는 것보다는 잃는 것이 훨씬 더 많을 텐데…… 이렇듯 크리스마스에도 파괴와 살육은 멈추지 않는다.

프리모 레비

예전에 한번 이스라엘을 방문한 적이 있다. 1996년이었다. 그해 정월, 이탈리아 토리노에 가서, 프리모 레비Primo Levi의 무덤을 찾았다. 묘비에는 아우슈비츠에서 그의 몸에 새겨졌던 수인번호 '174517'이 새겨져 있었다.

그는 나치의 강제수용소에서 살아남은 증인이며 현대 이탈리아를 대표하는 작가이기도 하다. 그의 대표작 『이것이 인간인가』Se questo è un uomo는 일본에서는 '아우슈비츠는 끝나지 않았다'アウシュビッツは終わらない라는 제목으로 번역되었다.

런던 2001년 12월

나 역시 30대 초반부터 프리모 레비에게 매혹되
어 그의 사색으로부터 상당한 양분을 흡수해왔다. 그
런 만큼 1987년 그가 자택에서 몸을 던져 자살했다는
소식을 들었을 때는 깊은 물음 앞에 세워진 느낌이 들
었다. (나를 포함해) 그의 책에서 고난으로부터의 생환,
그에 관한 역사적 증언을 접한 사람들은 그의 자살로
자기 생각의 얕음과 아우슈비츠 체험의 무게를 새삼
절감했다.

레비는 아우슈비츠에서 풀려난 후, 가족이 있는
고향 토리노로 살아 돌아갈 수 있었다. 그러나 동유럽
이나 중유럽 출신 유대인의 경우는 그렇지 못했다. 고
향의 유대인 공동체가 철저히 파괴되었기 때문이다.
레비의 수용소 동료 몇 명도 이스라엘에 거처를 마련
했다. 그런 경험을 통해 레비는 '유대인 민족의 피난
처'로서 이스라엘 국가가 존재해야 한다는 생각을 지

프리모 레비

지했다.

그러나 1982년 6월 이스라엘군이 PLO의 거점을 공격하기 위해 레바논을 침공했을 때, 레비는 "유대 문화의 인터내셔널리즘적 성격"이 희미해지고 "공격적 의미에서의 내셔널리즘"이 강화되는 사태를 우려한다는 견해를 표명하며 이에 반대하는 성명을 발표했다. 또 그로부터 2년 후에는 인터뷰에서 디아스포라 상태의 유대인은 이스라엘에서 강화되고 있는 공격적 내셔널리즘에 "저항할 책임"이 있으며, 디아스포라가 키워온 "관용 사상의 전통"을 지켜야 한다고 주장했다. 그는 또 "유대 문화의 뛰어난 점은 역시 디아스포라라는 상태, 그 다중심성과 관련이 있다"고 덧붙였다.

그러나 이 인터뷰를 하던 시점만 해도 레비는, 적

프리모 레비의 무덤

어도 공식적으로는, 이스라엘의 미래에 대해 비관하지 않았다. 사브라샤틸라Sabra-Shatila 난민 수용소 학살 사건*에 책임지고 한때 국방장관직에서 물러났던 샤론Ariel Sharon이 얼마 지나지 않아 권력의 중심부로 복귀한 일, 종교 지도자인 메이르 카하네Meir Kahane가 영향력을 강화하고 있는 상황에 대해 어떻게 생각하느냐고 묻자 그는 "이스라엘이 카하네의 광신적인 도정을 따르리라고는 생각하지 않는다"며 애써 낙관적으로 대답했다.[3]

토리노에서 프리모 레비의 묘를 찾은 지 석 달 후인 1996년 3월 7일, 나는 파리에서 엘알이스라엘 항공을 타고 이스라엘로 향했다. 일본을 떠나기 전인 2월 25일 하마스HAMAS에 의한 자폭 공격, 이른바 '자폭 테러'가 일어났는데, 파리에 머물던 3월 3일과 4일에도 예루살렘과 텔아비브야파에서 연달아 자폭 공격이 발생해 모두 60명이 사망했다.

각오는 했지만 오를리 공항에서 탑승 수속을 할 때 보안 수색은 집요하기 짝이 없었다. 이스라엘의 젊은 직원이 짐을 열게 하고 심문한다. 여행 목적은 무엇인가? 호텔은 예약했는가? 여행 안내서는 갖고 있는

---

* 1982년 레바논의 수도 베이루트에서 벌어진 대학살. 당시 이스라엘 국방장관이었던 아리엘 샤론은 1983년 이 문제에 책임을 지고 사퇴했다가 1984년 주택장관으로 복귀했고 2001년 총리로 당선되었다.

가? (지도가 나온 페이지를 펼치게 한 후) 예루살렘의 위치를 가리킬 수 있는가? 누군가와 만날 예정인가? 자기 소유가 아닌 짐을 맡지 않았는가? 심문은 30분 가까이 걸렸다. 바보 취급을 당하는 것 같아 화가 났지만, 직원은 매뉴얼대로 조사했을 뿐이다. 여기서는 동아시아인의 풍모도 전혀 도움이 되지 않았다.

예루살렘에 도착해보니 기후는 따뜻하고, 여기저기 꽃이 피어 있었다. 실로 '젖과 꿀이 흐르는 땅'이라는 형용이 어울리는 풍요로운 토지였다. 숙박한 호텔은 신시가 중심부의 번화가였는데 사흘 전 자폭 공격 사건 현장 바로 옆이었다. 거리에는 죽은 이를 추도하는 수십 개의 작은 초가 놓여 있었으며, 앳된 얼굴의 병사들이 자동소총을 서툴게 들고 경비를 섰다.

프리모 레비가 살아 있다면 오늘의 상황을 어떻게 평가했을까? 나는 1996년의 예루살렘에서 그것을 생각하고 있었다.

1993년 '오슬로 협정'이 발표되었을 때 국제사회에서는 팔레스타인의 평화를 향한 길이 열렸다는 낙관론이 지배적이었다. 실상 그것은 1967년 이후 줄곧 이스라엘이 점령해온 요르단강 서안과 가자 지구 일부에 잠정적으로 팔레스타인의 자치를 허용한 것뿐이며, 예루살렘의 귀속, 난민 귀환권, 점령지로부터 유대인 이민자들을 철수시키는 문제 등 팔레스타인의 사

런던 2001년 12월

활이 걸린 중요한 현안은 일체 보류한 것이었다. 그런 의미에서 팔레스타인에게 '오슬로 협정'은 패배나 다름없는 타협이었지만 그래도 대화를 통한 평화적 해결이 가능하리라는 일말의 기대는 안겨준 셈이었다.

그런데 1995년 11월 4일, PLO와의 화평 교섭을 주도하고 있던 이스라엘의 라빈Yitzhak Rabin 총리가 유대교 원리주의를 신봉하던 청년에게 암살당했다. 라빈은 팔레스타인 입장에서 보면 굴욕적인 타협을 감수하게 한 장본인이다. 그 라빈조차 극우파에게 암살당할 정도로 이스라엘 내에는 호전적인 기운이 가득 차 있었던 것이다. 프리모 레비가 애써 낙관론으로 감싼 "광신적인 도정"에 대한 의구심이 차츰 현실이 되어가고 있었다. 1996년 하마스의 자폭 공격이 시작된 배경에는 이미 충분히 절망한 팔레스타인인을 더욱더 막다른 골목으로 몰아넣는 이런 상황이 존재하고 있었던 것이다.

그 후 이스라엘은 일시적으로 노동당이 정권을 잡았다가 다시 우파 정권이 들어섰으며, 점령지로 이주를 추진해 '오슬로 협정'의 틀마저도 유명무실해지고 말았다. 2000년 9월 말부터 '2차 인티파다'(알아크샤 인티파다)*라고 불리는 팔레스타인의 대규모 저항운동이

---

*   '인티파다'는 봉기·반란·각성 등을 뜻하는 아랍어다. 이스라엘의 팔레스타인

일어났는데, 이에 대해 이스라엘군은 제트전투기와 탱크를 투입해 대규모 폭격을 가했다. 2001년 2월에는 레바논 전쟁에서 학살에 대해 책임을 추궁당했던 샤론이 총리가 되었다.

2001년 8월 말 남아프리카 더반에서 유엔 반차별 회의(정식 명칭은 '인종주의·인종차별·외국인 혐오·불관용에 반대하는 세계 회의')**가 열렸는데, 이스라엘과 미국 대표단이 '시오니즘은 인종차별이다'라는 결의안에 반발해 퇴석했다. 이 회의에서 제3세계의 나라들이 노예제와 식민 지배의 책임을 인정해 사죄한 것과는 대조적으로 '선진국' 그룹은 이를 끝내 거부했다. 이 회의의 폐막 후 얼마 지나지 않아 '9·11'이 일어났다.

점령에 저항하는 비무장 시민운동을 말하며 1차는 1993년까지 계속되었다. 2차는 2000년 9월, 당시 이스라엘의 야당 당수였던 샤론이 동예루살렘의 알아크샤 사원을 방문하자 이에 분노한 팔레스타인인들이 일으킨 봉기를 이스라엘 군대가 진압하면서부터 시작되었다.

** 더반 인종회의라고도 하며 주요 의제는 아프리카 노예제, 노예무역 등 과거 식민지 정책에 대한 사과와 배상, 이스라엘의 팔레스타인 점령 문제, 인도의 카스트 제도 문제 등이었다. 미국 정부는 개최 전부터 시오니즘을 인종차별주의로 간주한다는 전제에 반대한다며 당시 국무장관이던 콜린 파월을 파견하지 않겠다고 밝혔고, 노예제에 대해서도 이미 해결된 문제가 아니냐는 태도를 보였다. 파월 대신에 참여한 하급 관료마저도 9월 3일 이스라엘 대표단과 나란히 철수했다.

런던 2001년 12월

자폭의 일상화

9·11 발생 직후 미국 TV 방송들은 환성을 올리는 팔레스타인 민중의 영상을 내보냈다. 나도 그 무렵에는 매일 TV에 붙어 있다시피 했기 때문에 잘 기억하고 있다. 그들은 비탄에 젖은 혹은 상실의 고통을 견디는 미국인들의 모습과 지극히 명료한 대조를 이루고 있었다. 이 영상은 평균적인 유럽인들과 미국인들이 지닌 '팔레스타인인은 테러리스트'라는 단순한 편견을 한층 견고하게 해, 적개심을 부추기는 효과를 발휘했을 것이다. 문제의 영상이 조작이었다는 설도 있다. 그러나 그 설의 진위 여부와 관계없이, 깊이 생각해봐야 할 것은 팔레스타인 민중이 왜 9·11 보도에 환성을 올리고 싶은, 그런 감정을 품게 되었는가 하는 것이다.

하지만 현실은 그런 자성과는 무관했다. 미국 부시 대통령은 '대테러 전쟁'을 선언하고 '테러 위협'을 구실로, 타국의 영역을 선제공격할 수 없도록 한 국제법을 위반한 전쟁을 정당화했다. 미국 국민의 애국열은 급상승해 부시 대통령에 대한 지지율이 80퍼센트를 넘었다. 갖가지 의심과 우려는 '테러와의 싸움'이라는 대의명분에 불식되고 세계는 '전쟁'이라는 가장 단순하고 출구 없는 대립 구도로 치닫고 말았다. 이스라엘의 샤론 정권은 이 정세를 호기로 삼아 점령지에 대한 군사 공격을 또다시 강행했다. 압도적인 무력에 의한 공격과 자폭 공격에 의한 저항이 서로 꼬리를 물며, 응전과 보복이 일상화되고 말았다.

중요한 것은 세계를 바꾸는 것이다.

이 세계에 절망한 사람들, 이 세계를 바꿀 수 있는 길을 찾지 못하는 사람들이, 절망의 끝에서 극단적인 저항의 수단을 택하고, 그에 대한 가차 없는 진압이 점점 더 많은 사람을 절망으로 몰아넣고 있다. 세계를 바꿀 수 있다고 믿을 수 있다면, 아무리 곤란해 보여도 그 길의 앞을 바라볼 수만 있다면, 어떻게 자폭 같은 것이 가능하겠는가.

그 자폭 행위조차도 날로 일상화해 대단한 뉴스거리도 못 되고, 점차 사람들의 관심을 끌지 못하고 있다. 파괴와 살육이 식사와 배설처럼 일상화된 세계. 극한적으로 보이는 저항조차 금세 진부하게 만들어버리는 세계. 세계 그 자체가 자폭하고 있다.

일본을 떠나기 전에 "영국에 가는데 묵는 호텔이 미국 대사관 부근"이라고 했더니 "자폭 공격의 표적이 되니까 테러에 휩쓸리지 않으려면 가까이 가지 말라"며 정색을 하고 충고하는 사람도 있었다. 그럴 때 나는 입 밖으로 내지는 않았지만 '그래도 좋다'고 생각했다. 그렇게 되어야 한다고까지 생각했다.

정말 그렇게 된다면 불운을 한탄하지 않을 자신은

런던 2001년 12월

없고, 공격한 자를 증오하지 않을 자신도 없지만, 그 운명을 끔찍하게 부조리하다고 생각하지는 않을 것이다. 이 세계에서 '나'라는 존재가 차지하는 위치는 충분히 그와 같은 죽음에 어울린다고 생각하기 때문이다. 자폭 공격이라는 행위가 어떤 필연성을 지니고 존재하는 한, 내가 거기에 말려든다는 건 이치에 맞는 일이다.

하나는 일본이라는 '선진국'에 살기 때문에 내가 누리는 기득권 때문이다. 그러나 나와 같은 재일조선인이 일본에서 태어나 자라게 된 것은 우리 자신이 바란 것이 아니다. 그것은 기억해두어야 한다.

또 하나는 책을 읽고 생각하고 글을 쓰는 행위에 종사하면서 이 세계를 바꾸는 길을 개척하는 데 조금의 도움도 되지 못한다는 무력함 때문이다.

11층의 창

어디서 어떻게 죽을까. 언제나 그게 마음에 걸린다.

외국의 숙소에서 눈을 떠, 잠들지 못한 채 천장을 물끄러미 바라보고 있으면, 삶의 실감이 급격히 흐려질 때가 있다. 죽고 싶은 것은 아니다. 슬프다거나, 우울해진다거나 하는 그런 감정과는 좀 다르다.

내 방은 호텔 11층에 있었다. 오래되고 전통 있는 호텔인 만큼 가구와 설비는 중후하지만 난방이 잘 안 돼서 방 안에 있어도 약간 추울 정도였으며 조명도 어두웠다. 일어나 창문을 열었다. 창틀이 낡아 잘 안 열린다. 힘을 주니 귀를 거스르는 마찰음과 함께 창문이 열리고 차가운 바깥 공기가 흘러들어 왔다. 일본에서는 자살 방지를 위해 고층 빌딩의 창문은 맘대로 열지 못하게 되어 있다. 그러나 유럽에는 그런 건 없다. 죽는 것도 사는 것도 당사자의 의지에 달려 있다는 태도 같다. 창밖을 보니, 어두운 안뜰을 사이에 두고 같은 호텔의 별관이 보인다. 투숙객이 없는지 아니면 폐쇄된 건물인지 창문은 거의가 어둡다. 하이드파크 위로 희미한 달이 걸려 있다. 지금 이 창문에서 뛰어내린다면…… 그런 생각이 깜빡거리며 점멸한다. '누군가가 뒷머리카락을 잡아당긴다'는 말이 있지만, 내 뒷머리를 이승으로 잡아끄는 힘은 너무 약하다. 이대로 죽는다고 해도 별로 달라질 것은 없지 않은가. 그렇다면 왜 계속 살아야만 하는가. 가족이라고 해야 부모님은 이미 돌아가셨고 부양해야 할 자식이 있는 것도 아니다. 형제나 친구들은 내가 죽으면 슬퍼해줄까. 그렇다고 해도 죽음은 늦고 이른 차이는 있어도 언젠가는 찾아오는, 피할 수 없는 것이 아닌가. 그렇다면 왜 지금이면 안 되는가.

런던 2001년 12월

지금 근무하고 있는 대학도 나 하나 없어진다고 특별히 영향을 받지는 않을 것이다. 그 선생 한동안 안 보인다 했는데 잊어버릴 때쯤 해서 학내 소식란에 작은 부고가 실린다. 그렇게 동료의 죽음을 알게 되는 것이 일상다반사다. 그래도 지구는 돈다. 대학 업무는 계속된다. 내가 죽어도 그럴 것이다.

태어나 자란 교토에서 도쿄로 옮긴 지도 그럭저럭 12~13년이 된다. 지금 살고 있는 다마 지구의 소도시로 이사 온 것은 4년 전이다. 아파트인 탓도 있겠지만 지역사회와의 교류는 일절 없다. 굳이 애를 쓰지 않으면 자기가 지역사회의 일원이라는 감각을 지니기 어렵다. 게다가 재일조선인에게는 지역 참정권조차 인정하지 않으려고 하는 이 나라에서 지역사회 쪽에서 나를 구성원으로 간주하고 있을지도 의문이다.

나는 몇몇 사회운동 및 문화운동에 참여하고 있지만, 거기서 나를 얼마나 필요로 하는지는 잘 모른다. 그런 운동과의 관계는 내 쪽에서 만든 것이지 그 반대는 아니다. 나는 '작가=글쟁이'다. 많지는 않지만 진지하게 읽어주는 독자도 있다. 젊었을 때는 작가가 되는 것, 책을 내는 것이 하나의 삶의 목표였다. 그러나 지금 와서 보면 그래서 어쨌다는 건가 하는 느낌을 지울 수가 없다. 앞으로도 납득이 가는 작품을 쓰고 싶다는 마음은 있는데 그것도 창작욕이나 사명감이라고 할 정도로 강한 감정은 아니다. 프리모 레비와 같은 작가가 되고 싶다고 그를 동경하는 마음은 있다. 그러나, 그럼에도 불구하고 그가 자살했다는 사실은 늘 머리에서 떠나지 않는다.

이렇게 나를 이 세상에 잡아매 두는 끈들은 하나같이 인공적이고 불투명한 것이다. 내가 '죽음'을 향해 몸을 내밀었을 때 그 끈들이 나를 꽉 잡아줄 것인가. 그럴 것 같지 않다. 내 쪽에서 손에 쥐고 있는 끈을 살짝 놓으면 그걸로 그만일 것이다.

외국에 와 있기 때문에 그런 생각이 드는 것은 아니다. 외국에 있기에 평소 막연히 느끼고 있던 생각들이 한층 뚜렷이 다가오는 것뿐이다. 그런 감정의 모습을 나는 디아스포라적이라고 생각한다. 그래도 창문 밖으로 뛰어내리지 않은 이유는 잘 생각해보면 결국은 너무 아플 것 같아서다. 아프지도 괴롭지도 않다는 걸 안다면 뛰어내리지 않을 자신은 없다.

우리 망명자들

우리 중에는 낙관적인 이야기를 한참 한 후에,
전혀 예상치 못하게, 집에 돌아가 가스 밸브를
틀거나 고층 빌딩에서 뛰어내리는 낙관주의자

런던 2001년 12월

들이 있다. 그런 사람들도 우리가 선언한 쾌활함이라는 것이 금세 죽음을 받아들이고 말 것 같은 위기와 표리를 이루고 있는 것을 증명하는 듯하다. (…) 망명자는 싸우는 대신에, 또는 어떻게 하면 저항할 수 있는지를 생각하는 대신에 친구와 친척의 죽음을 바라는 데 익숙해져버렸다. 누군가 죽으면 그 사람은 이제 어깨의 짐을 전부 내려놓았구나 하고 쾌활하게 생각해보곤 한다.

한나 아렌트Hannah Arendt가 쓴 「우리 망명자들」의 한 구절이다.[4] 글 속의 '우리 망명자들'이란 제2차세계대전 중 나치를 피해 미국에 머물렀던 유대인 망명자들을 가리킨다. 아렌트는 '벼락부자'를 지향하는 '동화同化 유대인'의 경향을 비판하고, 하이네Heinrich Heine, 라헬 파른하겐Rachel Varnhagen, 베르나르트 라자르Bernard Lazar, 프란츠 카프카Franz Kafka 등 오히려 의식적으로 피차별자의 위치에 선 선인들의 삶을 상기해야 한다고 말했다.

나는 아렌트의 논지에 깊이 공감한다. 나는 항상 '의식적인 피차별자'로 살아갈 것을 나 자신에게 요구해왔다. 그러나 그런 의지와는 별도로, 아렌트가 비판하는 경향을 내 주위에서, 까딱하면 나 자신 속에서도 쉽사리 발견할 수 있다고 생각한다. 재일조선인의 자살률은 틀림없이 일본인들보다 높을 것이다. 통계적인 것은 잘 모르지만 나는 거의 그렇게 확신하고 있다. 활력에 넘치고 생명력도 왕성한 재일조선인 이미지가 스테레오타입으로 일본 사회에 퍼져 있는 듯한데 내 인상은 반대다.

아는 재일조선인 중에 자살한 이들을 한 사람 한 사람 떠올려봐도, 화를 내야 할 때 서글프게 웃고, 하고 싶은 말도 제대로 못하다가 스위치를 뚝 끄듯이 사라져버렸다는 인상이 강하다. 그런 죽음과 만났을 때 나의 마음에 일어나는 감개는 잘 표현할 수 없지만, '아, 역시나' 하는 심정에 가깝다. '그 사람은 이제 어깨의 짐을 전부 내려놓았구나' 생각하고 싶은 마음을 알 것 같다.

재일조선인이 일상에서 느끼는 부조리한 경험을

한나 아렌트

런던 2001년 12월

자학적인 농담으로 표현하는 데 무척 능란한 지인이 있다. 그것을 두고 나는 농담으로 '재일조선인의 유대식 조크'라고 부른다. 농담의 주제는 많은 경우 재일조선인의 실상에 대한 일본인 다수자의 무지와 몰이해다. 그러나 그런 그의 농담들은 다수자를 비웃기보다 사소한 것에 상처받고 마는 자신의 허약함을 자조하는 익살로 마무리되는 경우가 대부분이다. 그런 웃음으로 위태위태한 균형을 잡고 있는 것이다. 적재적소에 재치 있는 농담을 연발하며 철두철미한 서비스 정신으로 그 자리에 있는 모두를 웃기는 그 친구를 보고 있노라면, 따라 웃으면서도 불길한 마음이 솟아오른다. 이 친구는 오늘 밤 자기 방에 돌아가 갑자기 목을 매는 것이 아닐까 하고. 불행히도 그것이 현실이 된다면 슬픔이나 분노에 앞서 '아, 역시나' 하는 납득에 가까운 감정이 들 것임에 틀림없다.

일본인의 마음

수년 전 아라이 쇼케이新井將敬라는 국회의원이 증권회사가 부정하게 취한 이익을 나눠 가지려다 의혹이 불거져 자살한 일이 있었다. 그는 1948년 오사카에서 태어난 재일조선인이다. 원래 이름은 '박경재'로 고교를 졸업할 무렵 귀화해 일본 국적을 취득했다. 대장성(현재 재무성) 관료로 시작해 와타나베 미치오渡辺美智雄 대장성 장관의 비서관을 거쳐 중의원에 입후보했는데 선거를 목전에 둔 1982년 11월 '검은 실seal 사건'이 터졌다. 같은 선거구에서 입후보할 예정이었던 이시하라 신타로石原慎太郎 의원의 비서가 아라이의 홍보용 포스터 3,000장에 "북조선에서 귀화했음"이라는 문안의 실을 붙인 사건이었다.

'검은 실 사건'의 영향이 어느 정도였는지 가늠하기 어렵지만 그때 아라이는 낙선했다. 그러나 1986년에 재도전해 당선했으며 이후 자민당의 소장 개혁파 논객으로 매스컴의 총아가 된 적도 있다. 그런 그가 지검의 조사를 받은 후 도쿄 어느 호텔에서 허무하게 자살한 것이다.

아라이는 당초 의학부를 지망했지만 시험에 떨어졌다. 일본 국적을 취득한 후 도쿄대학 이과에 입학해 나중에 경제학부로 옮겼다. 졸업 후 일단 신일본철강에 입사했으나, 회사에 적을 둔 채로 국가 공무원 상급 시험에 합격해 대장성에 들어갔다.

처음에 의사를 지망하다가 후에 대기업을 거쳐 대장성에 몸담은 그의 이력은, 그저 새로운 꿈을 좇은 한 개인의 '화려한 변신'으로 오해되기 십상이다. 하지만 여기서 중요한 것은 일본 국적 없이 의사는 될 수 있지

런던 2001년 12월

만 국가 공무원은 될 수 없다는 단순한 사실이다. 이런 사실을 떠올려보면 그의 변신의 배경에 민족 차별의 문제가 놓여 있음을 알 수 있다. 아라이의 인생은 상승 지향을 충실하게 실천한 것으로, 어떤 의미에서는 마이너리티적 삶의 전형이라고 하겠다. 그의 장례식에서는 자민당을 대표하는 모 거물 의원이 모토오리 노리나가本居宣長*의 와카和歌를 인용한 조사弔詞를 읽었다고 한다.

그 와카의 의미는 다음과 같다.

일본인의 마음이란 무엇인가 사람들이 묻거든
일순 피었다 미련 없이 순간에 지는, 아침 해
에 향기로운 산벚꽃이라 답하리라.

고인이야말로 '일본인의 마음'을 지니고 있었다, 그리고 일본인다운 깨끗한 죽음을 택했다고 말하고 싶은 것이다. 아라이가 '일본인이 되려고 했던' 것은 사실이지만, 그것은 자신이 '일본인이 아님'을 강하게 의식하고 있었기 때문이다. 자신이 '일본인'이라는 것에 의문을 느끼지 않는 다수자라면 '일본인이 되고자'

*　1730~1801, 국수주의 입장에서 일본인의 전통 종교인 신도神道를 정립시킨 일본 국학의 대표적 학자.

굳이 노력할 필요가 있을까. 일본 사회의 주류로부터 배제되었다는 의식이 없다면 그렇게까지 필사적으로 상승 지향으로 일관했을까. 그가 지니고 있었던 것은 '일본인의 마음'이 아니라 '소수자의 마음'이다. 그 죽음마저도 철저히 이용하는 것이 다수자인 것이다.[5]

나는 여기서 아라이의 삶을 긍정적으로 말할 생각은 없다. 만약 그가 살아 있을 때 서로 알 기회가 있었다고 해도 도저히 친구는 될 수 없었으리라. 그래도 나는 그의 자살에 '아, 역시나'라는 납득에 가까운 기묘한 감정을 느낀다.

뇌물 수수 사건에서 아라이 이상으로 추궁을 받은 의원은 일일이 열거할 수 없을 정도로 많지만 자살하는 것은 언제나 비서이지 본인이 자살한 예는 별로 들은 적이 없다. 의혹을 산 의원들은 아무리 정계에서 비난을 받더라도 연고지로 돌아가 삭발한 머리에 수건을 두르고 설법이라도 하듯 거리에서 대중 연설을 하거나 후원자들을 일일이 찾아가 머리 숙인 채 변명이나 늘어놓으며 권토중래를 벼른다. 그런 모습이 또한 지역구 사람들의 마음을 사로잡는 것이다. 대처에서 상처받고 돌아온 고향むら의 아들을 받아들이고, 위로하고, 격려해 재기하게 하는 것이다. 유죄든 실형이든 쉽사리 기죽어서는 안 된다. 그에 비하면 아라이의 자

살은 너무도 나약하다는 인상을 지울 수가 없다. 그에게는 이런 고향이 없었던 것이다.

'이제 됐어, 그만 끝을 낼까' 생각하면서 '죽음'을 향해 한 발자국, 몸을 내밀려 할 때 뒷머리를 잡아채 이편으로 끌어당기는 힘 중 하나는, 의심할 바 없이 '국민'이라는 관념이다. 그 어떤 것도 대신할 수 없는 소중한 고향과 그곳의 자연, 자기를 사랑해주는 가족, 조상이 남겨준 유형무형의 재산, 부모에게서 자식에게로 전해지는 혈통, 과거에서 미래로 계속되는 전통, 고유한 역사와 문화. 하나하나 자세히 검토해보면 근거가 희박한 이 관념들이 단단히 모여 있는 것, 그것이 '국민'이다.

여기서, 죽으면 가까운 이들에게 죄송하다, 사랑하는 사람이 가엾다는 한 사람 한 사람의 생각이 '가족', '고향', '모교', '우리 회사', '우리 마을' 등을 거쳐 '국가'나 '국민'에 결합된다. 왜 사랑하는 사람에 대한 개인의 생각이 '국민'이라는 추상적 관념으로 회수되고 마는가. 그 연속성은 논리성을 결여한다. 그러나 아무리 비논리적이라도 당사자들은 꿈쩍도 안 한다. 오히려 비논리적이라는 것이 중요하다. '이론이 아닌' 것이다. '국민'이라면 누구라도 알 것이며, 그걸 모르는 자는 '국민'이 아니다. 무적의 논법이 아닌가.

'국민 여러분에게 죄송하다'고 부정에 대해 간단

히 사죄를 한 정치가는 '국민에게 봉사하기 위해서'라
며 사직도 자살도 하지 않고 현직과 현세에 달라붙을
수 있다. '국민'이라는 관념이 그들의 뒷머리카락을 꽉
움켜쥐고 있는 것이다. '국민'의 틀로부터 추방된 디아
스포라라면 그렇게는 안 된다. '국민'의 틀 안으로 영
입된 지 얼마 안 된 신참자의 경우도 사정은 비슷할 것
이다. 아라이 쇼케이가 그런 경우다.

사자의 국민화

그런데 재일조선인이 죽으면 어떤 일이 일어나는가.
이를 살펴보면 죽음의 개념과 추도 의례를 통해 죽은
자가 '국민'으로 수렴되는 과정이 선명히 드러난다.

　　내 부모는 두 분 다 1920년대에 태어난 재일교포
1세다. 1세라고는 해도 어릴 때 조선에서 일본으로 건
너왔으니까 2세에 가까웠고 태어난 고향과의 연관도
희박했다. 아버지는 죽거든 고향에 묻어달라는 말을 하
셨던 기억이 있지만, 애매한 바람으로 구체적인 지시
를 남기셨던 것은 아니다. 어머니는 묘를 어떻게 해달
라 말씀하신 기억이 없다. 1980년에 어머니가, 1983년
에 아버지가 잇달아 세상을 떠나셨을 때, 우리 유족들
은 추도에 대해 어떤 구체적인 생각도 없었다. 더욱이

형들이 여전히 옥중에 있던 당시에 아버지의 유골을 한국으로 가져가 묻는다는 것은 사실상 불가능했다.

그러나 마음 아파할 새도 없이 어디서 들었는지 즉시 장의사가 달려왔다. 그가 처음으로 물은 것은 종파는 무엇이냐는 것이었다. 재일조선인의 대다수는 불교도가 아니므로 종파 같은 걸 물어오면 당혹할 수밖에 없다. 이어서 계명은 어떻게 하겠느냐 묻는다. 그런 건 없다고 대답하니, 계명과 위패가 없는 장례식은 없다는 것이다. 생각에 잠겨 있었더니 "30만 엔, 50만 엔, 100만 엔짜리가 있는데 저렴한 것으로 하나 어떠신지요?"라며 임시 계명을 권한다.

다음으로 "가문은?"하길래 조선인에게는 가문이 없다고 대답하니 "그럼 이걸로 합시다" 하며 카탈로그 같은 것을 펼쳤다. 가문이 없는 사람들을 위해 적절한 가문이 미리 준비되어 있나 보다. 일일이 저항하기에는 확고한 방침과 엄청난 에너지가 필요한데 유족은 피로와 충격으로 멍한 상태니까 결국 얼마간의 비용을 지불하고 장의사 말을 따를 수밖에 없다.

"묘지는 어떻게 하실까요?"물을 때도 아무런 준비도 못 했던 터라 말문이 막혀 가만히 있었더니, 그것도 묘석상과 연락해 준비해주겠다고 한다. 이쯤 되면 오히려 뭐든지 신속하게 처리해주는 장의사에게 감사하고 싶은 심정이 든다.

이 과정을 나는 나중에 돌이켜보고 '사자死者의 국민화'라고 이름 붙였다. 거의 대부분의 일본인은, 자기는 종교적이지 않다고 생각하는 사람을 포함해, 이와 같은 과정에 아무런 위화감도 갖지 않을 것이다. 그것은 장례식이나 매장 방식의 문제에 연연하지 않기 때문이 아니라, 실은 공동체에 의한 추도의 의례에 깊이 잠겨 있기 때문이다. 즉 무의식중에 추도의 의례를 통해 '국민'으로 통합되어 있는 것이다. 우리들 재일조선인은 자신이 그 틀로부터 밀려나 있었음을 죽은 후에야 깨닫는다.

부모님의 묘소는 교토의 아다시노넨부쓰지化野念佛寺에 있다. 거기에 있는 첫째 이유는 예부터 무연보살을 묻어온 이 절이 신도가 아닌 사람들이나 불교도가 아닌 사람도 대범하게 묘지에 받아주었기 때문이다. 말하자면 무연보살로 간주되어 묻힐 수 있다. 거기에는 많은 재일조선인의 무덤이 있다. 모두 우리 집과 엇비슷한 사정이었으리라. 묘비의 형식은 다양하다. 많은 경우 정면에 고인의 일본식 이름을 새기고, 측면에는 조선의 출신지와 '본관'을 새긴다. 죽어서 묘비명에까지 일본 이름이라니 서글프지만 그래도 측면에나마 자신의 뿌리를 새기고 싶어 하는 마음이 애틋하다.

이렇게 일본이라는 이국에서 죽음을 맞은 1세들의 묘는, 일본식과 조선식, 불교식과 유교식이 무질서

런던 2001년 12월

하게 뒤섞인 재일식在日式이라고밖에 부를 수 없다.

불사의 공동체

'국민'이라는 관념은 사람을 '삶'에 붙잡아두는 한편 '죽음'으로 내몰기도 한다. 그런 경우 '죽음'이란 현실에서는 죽음 외의 그 무엇도 아니지만 불사나 영생에의 욕망을 표현하고 있다. 베네딕트 앤더슨Benedict Anderson의 『상상의 공동체: 민족주의의 기원과 보급에 대한 고찰』Imagined Community: Reflections on the Origin and Spread of Nationalism 일본어판이 간행된 것은 1987년의 일이다. 일독한 후 '내셔널리즘'이라는 근대적 표상의 분석에 '죽음'이라는 관점을 도입한 뛰어난 착상에 감탄했다.

> 무명전사無名戰士의 묘와 비, 그것만큼 근대 문화로서의 내셔널리즘을 완벽하게 표상하는 것은 없다. (…) 이들의 묘에는, 특정한 개인의 사체나 불사의 혼은 없다고 해도 역시 오싹할 정도로 무서운 국민적 상상력이 가득 차 있다.[6]

내셔널리즘이라는 근대적 상상력은 '국민'을 하나의 유기적인 신체로 상상한다. 프로이센의 농민 아무개, 작센의 장인 아무개, 바이에른의 공증인 아무개를 일괄해 '독일인'으로 상상한다. 그러기에 라인강변의 누구누구가 '프랑스인'에게서 상처를 입으면, 프로이센에서도 작센에서도 '우리'가 상처받았다고 분개하는 것이다.

끊임없이 '타자'를 상상하고, 그들과의 차이를 강조해 그것을 배제하면서 '우리'라는 일체감을 굳혀간다. 추도의 의례는 그 소름 끼치는 국민적 상상력과 깊이 연결돼 있다. 타자와의 싸움에서 '우리'를 위해 자기를 바친 자들의 묘. 그것은 이미 개별적인 사자의 묘가 아니라 '우리'라는 관념, '국민'이라는 관념의 묘다.

앤더슨은 마르크스주의도, 자유주의도, 죽음과 불사에 그다지 관여하지 않지만 그에 반해 '내셔널리즘의 상상력'은 죽음과 불사에 적극적으로 관여한다고 지적했다.

> 마르크스주의를 포함해 아마도 모든 진화론적·진보주의적 사고 양식의 큰 약점은 그와 같은 물음에 대해 조바심 나는 침묵으로 일관한다는 데 있다. 동시에, 종교 사상은 다양한 식으로 불연속적인 운명의 조각들을 연속성(업, 원죄)으로 전화轉化하는 것으로 설명하며, 불사까지도 애매하게 암시한다. 이와 같은 종교 사상

런던 2001년 12월

은 죽은 자와 앞으로 태어날 자의 연쇄, 즉 재
생의 신비와 관계된다.[7]

인간에게 궁극의 숙명은 죽음이다. 인간은 언젠가
반드시 죽는다. 그것만은 확실하다. 그럼에도 불구하
고, 또는 그렇기 때문에 인간에게는 죽음에 대한 두려
움과 불사에 대한 욕망이 있다. 근대 계몽주의, 합리주
의는 그 이전의 종교적 세계관을 퇴각시켰지만, 죽음
과 불사를 둘러싼 인간의 욕망을 받아들여 해결할 능
력은 없었다. 인간은 또 '왜 다른 사람이 아닌 내가?'라
는 의문을 품을 수밖에 없는 존재다. 귀족과 노예, 지
주와 소작인, 부르주아와 프롤레타리아의 대립 구도로
인류사회학을 이해하고, 계급투쟁을 통해 사회 해방을
지향하는 것은 가능하지만, 거기에서는 '왜 다른 사람
이 아닌 내가 노예여야 하는가?'라는 물음에 대한 답
은 나오지 않는다. 왜 검은 피부로 태어났는가? 왜 여
자로 태어났는가? 왜 재일조선인으로 태어났는가? 근
대 이후의 합리주의적 사상은 '생의 우연성'과 연관되
는 이런 물음에 대한 답을 갖고 있지 않다. 이런 상황
에서 운명의 불연속성을 연속성으로, 우연을 의미 있
는 것으로, 또 세속적으로 변환시키는 일이 필요하게
된다. 그 '변환 장치'야말로 내셔널리즘이라고 앤더슨
은 말하고 있다.

개인들은 운명의 우연성과 유한성으로부터 도망 갈 수가 없다. 종교 사상도 이미 의지할 게 못 된다면, 인간은 무엇에 의지해 죽음이라는 궁극의 숙명성을 견뎌내야 하는가. 거기서 영원 불사의 존재로서 '국민'이라는 개념이 등장한다.

'이탈리아를 위해 죽는 자는 죽지 않는다.' 1937년 크리스마스, 밀라노 대성당 정면에 내걸린 거대한 깃발에는 이 문구가 크게 쓰여 있었다. 스페인 시민전쟁 중 프랑코Francisco Franco의 반란군을 지원하기 위해 스페인에 파병된 이탈리아군 전몰자를 추도하는 문구였다.[8]

1936년, 조선반도에서는 조선총독부 학무국장인 시오바라 겐자부로鹽原源三郎가 조선 사람들을 향해 "천황 폐하를 위해 신명을 바치는 것은 흔히 말하는 자기희생이 아니라, 소아小我를 버리고 크나큰 존엄에 살아 국민으로서 참 생명을 발양하기 위함"이라는 내용의 연설을 하고 있었다. 다시 말하면 천황을 위해 죽는 것은 참으로 사는 것이니, 참으로 살고 싶으면 죽으라는 것이다. '나'는 유한하지만, '국가'나 '국민'은 무한하다. 따라서 '국가'나 '국민'을 위해 죽으면, 그 '나'는 불사의 존재가 된다. 근대 내셔널리즘이 만들어낸 '국민'이라는 관념, 국토나 혈연의 연속성, 언어나 문화의 고유성 같은 환상에 의해 구성되는 이 만만치 않은 관넘은, 인간이 갖는 죽음에 대한 두려움, 불사의 욕망에 의해 지탱된다. 자신의 재산·혈통·문화를 영구히 남기고 싶다는 욕망이 내셔널리즘의 토대가 된다. 이 관념에 맞서 이기기 위해서는 결국 죽음이라는 숙명과 삶의 우연성을 있는 그대로 받아들일 수밖에 없다.

사람은 우연히 태어나 우연히 죽는 것이다, 혼자서 살고 혼자서 죽는다, 죽은 뒤는 무無다. 이런 생각을 받아들이는 것이 가능한지 아닌지에, 내셔널리즘에서 오는 현기증을 극복할 수 있을지 없을지가 달려 있다. 그러나 지금으로서는 이는 인간이라는 존재에게 너무도 힘겨운 일이다.

분명 마르크스주의는 이 문제를 해결하지 않았다. 그러나 마르크스의 사상이 형성된 배경에서 유대-기독교적인 종말론의 영향을 읽어낼 수 있음은 많은 논자가 지적하는 바다. 계급투쟁으로부터 공산주의 사회를 거쳐 계급 소멸에 이르면 그 시점에서 인류의 진정한 역사가 시작된다고 하는 구상은, 일종의 종말론적 유토피아 사상이라고도 할 수 있을 것이다. 죽음에 대한 두려움으로부터의 해방, 불사에 대한 바람을 이러한 구상에 기대어 해소하고자 한 이도 많을 것이다.

그러니까 사회주의 정권 붕괴 이후 거의 모든 나라에서 공산당이 민족주의 정당이나 원리주의 집단으로 변모했던 것은, 어떤 의미에서는 조금도 이상할 것이 없다. 그들은 스스로의 죽음과 불사를 둘러싼 상상을 해소해줄 대상을 이것에서 저것으로 바꾸었을 뿐이다.

파르지팔

2001년 12월 런던에 도착해 사흘째, 아직 시차에 적응하지 못한 채로 코번트가든의 로열오페라하우스로 향했다. 사이먼 래틀Simon Rattle이 지휘하는 바그너Richard Wagner의 〈파르지팔〉Parsifal 공연이 있었다.

나는 오페라 애호가이지만 바그너를 관람하는 것은 세 번째에 불과했다. 정확히 말하자면 일부러 멀리해왔다.

그 이유 중 하나는 십수 년 전에 빈 국립가극장에서 〈방황하는 네덜란드인〉Der fliegende Holländer을 보고 아주 따분했던 적이 있었기 때문인데 그건 내가 미숙했던 탓이리라. 두 번째 이유는 바그너와 반유대주의, 바그너와 나치즘의 관계라는 곤란한 문제 때문이다.

뛰어난 예술을 정치적 이유만으로 거부해서는 안 된다는 사실은 이해하고 있지만, 바그너의 경우 그렇게 말해버리고 말기에는 문제가 너무도 크다. 나치가 바그너를 이용했다는 옹호론이 있기는 하지만 1850년

「음악에 있어서의 유대성」이라는 논문에서 공표했듯 그 자신이 19세기 반유대주의 이데올로기의 주요한 제창자였던 것이다.

히틀러는 바그너에 심취한 사람이었다. 제1차세계대전에 종군할 때에도 배낭에 〈트리스탄과 이졸데〉 Tristan und Isolde 악보를 넣어 갈 정도였다고 전해진다. 바그너의 음악 자체에도 나치를 매료하는 요소, 국수주의나 파시즘 정서에 호소하는 요소가 있음에 틀림없다. 이런 사실들에 그렇게 둔감해도 될까? 바그너 애호가로 불리는 몇 사람에게 질문을 던져본 적도 있지만 속 시원한 대답을 들은 기억은 없다.

그런데 실은 그 전해인 2000년 여름 잘츠부르크에서 〈트리스탄과 이졸데〉를 본 적이 있다. 지휘는 병으로 자리에 누운 클라우디오 아바도Claudio Abbado를 대신해 로린 마젤Lorin Maazel이 맡았다. 두 번째 바그너 체험이었다. 그게 좋았던 것이다. 불가해한 감동이었다. 더 알고 싶다는 강한 호기심이 솟아났다. 여전히 '위험한데'라고 생각한다. 하지만 호기심의 수위가 경계심보다 높았다.

공연은 오후 4시부터 시작하는 마티네matinée였다. 토요일 오후인 만큼 대단한 인파가 몰려들었다. 〈파르지팔〉은 중세의 '성배 전설'을 바탕으로 한 이야기로, 바그너 자신이 '무대 신성 축전극'이라고 부른 그의 생

오페라 〈파르지팔〉의 한 장면, 마드리드, 왕립극장, 2001

애 최후의 악극Musikdrama*이다. 1882년 이 작품을 완성해 바이로이트 축제극장에서의 초연을 성공리에 마친 후 바그너는 베네치아로 요양을 떠나 이듬해 거기서 세상을 떠났다.

스페인 북부 '성배의 성' 몬잘바트의 성주이자 성창聖槍과 성배聖杯의 수호자인 암포르타스 왕이 쿤드리를 향한 애욕에 눈이 멀어 사악한 마법의 신 클링조르에게 성창을 빼앗기고 상처를 입는다. 그러나 '순수한 바보' 파르지팔이 그를 구하고 성창을 되찾는다. 파르지팔은 성금요일에 왕의 후계자가 된다.

이런 식으로 줄거리를 써본들 동화로밖에 여겨지지 않을 것이다. 하물며 이 단순한 스토리를 상연하는 데 3막, 다섯 시간 남짓의 시간을 쓴다는 것은 상식적으로 생각할 때 제정신이라고 보기 어렵다. 바그너의 세계를 외부에서 바라보는 한 그것은 이해하기 어려운 편집증이라고까지 할 수 있다. 그러나 일단 그 안에 들어가면 상황은 달라진다.

나치 제3제국의 선전 담당 장관 괴벨스Paul Joseph

---

* 독일의 오페라는 바그너에 의해 새로운 형태를 얻게 되었는데, 그 형식을 일반 오페라와 구별해 악극이라 부른다. 바그너는 종래의 형식에 반대해 '종합 예술 작품'을 제창하고, 오페라는 단순히 음악·연극·조형예술 등을 모아놓은 것이 아니라 다른 모든 예술을 동원해 드라마를 실현하는 것이어야 한다고 주장했다.

Goebbels는 1938년 "유대성과 독일 음악은 그 성질부터가 전혀 어울리지 않는다"고 선언했다. 그러나 실제로 독일적인 음악과 유대적 음악을 명확하게 구별하는 선을 긋는 것은 당연히 불가능하다. 제3제국의 문화 정책 이데올로기 이론에서는 바흐, 베토벤, 헨델, 모차르트는 모범적이고 독일적이라 간주되었으며 멘델스존, 말러, 쇤베르크, 코른골트Erich Wolfgang Korngold, 쿠르트 바일Kurt Weil 등 유대계 작곡가의 작품은 독일 음악의 모방에 불과하며, 기법에 치우치고 깊이가 없어 진부하거나 부도덕하다고 평가되었다. 힌데미트Paul Hindemith는 유대계는 아니었지만 문화적 볼셰비키라는 이유로 배척당했다.

1882년 〈파르지팔〉 초연 당시의
의상 디자인을 위한 스케치,
파울 폰 유코프스키
Paul von Joukovsky

런던 2001년 12월

이러한 나치의 사이비 이론화 작업을 옹호하는 데 대대적으로 인용된 것이 바그너였다. 나치즘 미학에서는 바그너야말로 이상적으로 독일적이었던 것이다.

'성배'란 예수 그리스도가 최후의 만찬에서 쓴 식기로, 그것으로 십자가에 매달린 예수의 상처에서 솟는 피를 받았다고 전해진다. 11세기부터 12세기에 걸쳐 이와 같은 '성유물'에 대한 숭배가 유럽 전역에 퍼졌다. 십자군이 원정 때 동방으로부터 갖고 돌아왔다고 하는 성유물, 예를 들면 그리스도의 피, 성인의 유골, 성의聖衣 등이 성스러운 것으로 받들어져 그것을 모시는 성당이 각지에 세워졌다. 당시 사람들은 그 성유물들이 진짜라고 믿어 의심치 않았다. 이 부조리한 열광이 이교도인 이슬람교도나 유대교도에 대한 적의와 하나였다는 것은 두말할 나위도 없다. '그리스도 수난극'Passion Play도 이 시기에 전파되어, 일반 민중들 사이에 유대인은 '그리스도의 살인자'라는 반감이 깊숙이 뿌리내리게 되었다. 도처에서 유대인 학살 사건도 빈발했다.

'성배'를 찾는 것은 절대적인 가치를 추구하는 행위의 은유다. 암묵적으로 소박하고 순진한 기독교도인 파르지팔의 모습과 교활하고 신용할 수 없는 유대인이 대비된다. '유대인'을 타자로서 배제하고 그와 다른 '기독교도', '아리아인', '독일인' 아이덴티티를 나르시

〈안개 바다 위의 방랑자〉Der Wanderer über dem Nebelmeer,
카스파르 다비트 프리드리히, 1818, 함부르크, 함부르크미술관

시즘적으로 강조하는 데 성배 전설이 크게 기여한 셈이다. 그에 더해 바그너는 이 전설을 먼 과거에 대한 동경, 헌신과 자기희생에의 도취, 초인이나 천재 찬미 같은 낭만주의 미학에 근거한 거대 회화극으로 그려냈던 것이다.

이런 사실들로 무장하고 잔뜩 경계한 채 관람을 시작했는데, 결과적으로 나는 다섯 시간 남짓한 상영 내내, 시종 바그너의 악극이 지닌 불가사의한 광택에 매혹당하고 말았다. 내 머릿속에는 전에 함부르크에서 본 프리드리히 그림의 이미지가 떠올랐다.

높은 봉우리의 정상에 선 남자. 멀리 보이는 저편에는 험한 산봉우리가 이어지고, 대지는 구름의 바다에 덮여 보이지 않는다. 고독, 우울, 그리고 차가운 고양감. 프리드리히는 독일 낭만주의를 대표하는 화가다. 바그너의 음악 세계는 프리드리히의 회화 세계와 강렬한 친화성이 있다는 평가를 받는다. 그 통설을 몸으로 검증한 듯한 심정이다.

베토벤에서는 문제가 있다고 생각되었던 래틀의 지휘가 바그너에서는 유감없이 역량을 발휘했다. 왕 배역을 맡은 토머스 햄프슨Thomas Hampson의 가창도 일품이었다. 막이 내린 후 나는 흥분과 동시에 무척 당황했다. 한편으로는 크나큰 감명을 느꼈으며 다른 한편으로는 깊은 의문이 솟았다.

게다가 교양 있는 백인이 대부분을 차지하는 관객들이, 이른바 '아우슈비츠 이후의 세계'인 오늘날 아무 일도 없었다는 듯 바그너에 도취되어 있는 것도 섬뜩했다. 또한 백인들과 마찬가지로, 도취된 일본인 관객 대부분이 아마도 이와 같은 위험성에 무지하리라는 사실이 불안해 견딜 수 없었다.

바그너의 음악에 자주 쓰이는 것이 '무한선율'이다. 무한선율이란 리듬적·화성적 단락의 느낌, 종결의 느낌이 없는 자유로운 선율을 의미한다. 다시 말해 "네, 그럼 여기서 일단락"이라거나 "자, 이걸로 끝" 하는 마디를 의식적으로 없앤 것이다. 높이 올라가는가 하면 다시 내려오고, 내려갔나 싶으면 다시 올라간다. 커다란 음향이 귀를 울리는가 하면 가늘게 잦아들고, 사라졌는가 하면 다시 울려 퍼진다. 끝없이 파도치고 너울거리며, 어디까지나 어디까지나 계속된다. 드디어 끝났나 싶으면 다시 다음 물결의 너울이 밀려온다.

처음에는 당혹스럽고, 따분하거나 피로한 면도 있지만 일단 그 무한의 물결에 몸을 맡겨버릴 수만 있다면, 불가해한 관능과 고양감에 잠길 수 있다. 그런 장치가 마련되어 있는 것이다. 아마도 다섯 시간이라는 긴 무대에서 오는 피로나 일종의 감각의 마비가 관객의 감성에 가져오는 효과까지 계산에 들어가 있을 것이다.

> 바그너의 '종합예술'의 경우도, 브루크너Anton
> Bruckner의 교향곡의 경우도, 음악과 듣는 이의
> 관계는 대등한 것이 아니다. 바그너의 장대한
> '물결의 너울거림' 속에 청자는 '몸을 맡겨야'
> 하며 몸을 맡긴 청자는 브루크너의 음의 신전
> 을 '우러러야' 한다.9

　바그너의 작품은 물결의 너울거림에 몸을 맡기게
한다는 것, 바로 이것이 특징이다. 개인의 취향이나 취
미, 의심이나 비판, 위화감이나 저항 등의 감정을 일단
젖혀두고, 말하자면 몰주체·몰아의 경지로 나아가 거
기에 몸을 둔 채 크나큰 물결의 너울거림에 자신을 맡
기는 것, 그것이 바그너의 음악에서 감명과 도취를 얻
는 최상의 방법이다. 또 그런 태도만큼 파시즘에 바람
직한 것도 없으리라.

　'예술과 정치는 별개'라는 말을 받아들여야 할까?
그러나 나는 그렇게 생각하지는 않는다. 시대와 사상
을 깊이 담지 못한 범용한 예술이라면 오히려 어떤 정
치체제 아래서든 편히 즐길 수 있을 것이다. 하지만 바
그너의 예술이 빼어난 것은, 이 두 가지를 완벽할 정도
로 융합해놓았기 때문이다. 바로 거기에서 고민도 시

작된다.

성배의 민족

코번트가든에서 지하철을 갈아타고 본드스트리트에서 내려, 조용한 밤길을 걸어 호텔로 돌아왔다. 방에 들어와 침대에 누워도 여전히 바그너의 무한선율이 몸속을 흘렀고, 신경이 흥분되어 잠도 올 성싶지 않았다.

그렇게 불면에 시달리며 일본에서 가져온 잡지를 집어 들었다. 《겐다이시소》現代思想 2001년 12월호, '내셔널리즘의 변모'라는 주제를 다룬 특집호. 여행을 떠나오기 전에는 아무리 해도 짬이 나질 않아, 그대로 여행 가방에 넣어 온 것이다.

이 책에 실린 「한국의 민족·민중문학과 파시즘: 김지하의 경우」라는 연세대학교 교수 김철의 논문을 무심히 읽기 시작했는데 금세 빨려 들어가고 말았다. 인용된 김지하의 말이 눈길을 끌었던 것이다.

우리 민족은 사명과 과제를 가진 민족입니다. 뛰어난 전통, 영적인 전통을 가졌으면서 오랜 고난 속에서 수난만 받아온 고난의 민족입니다. 한 문명의 쇠퇴기에는 반드시 인류의 새로운 생의 원형을 제시하는 민족이 나타나는데, 그 민족을 성배의 민족이라고 합니다. 로마가 지중해 세계를 지배할 당시에는 이스라엘 민족이었습니다. 지금은 한민족입니다.[10]

또 '성배'라니. 어찌된 우연일까. 바그너 때문에 복잡해진 기분을 바꾸려고 하던 참에 또다시 '성배'와 만나게 되다니.

김철의 논문은 1970년대 한국 민주화투쟁에서 결정적으로 중요한 역할을 한 민족·민중문학론(그 대표적 주창자인 김지하와 백낙청)이 오늘날 헤어날 길 없는 모순과 배리에 봉착했다고 주장한다. 과거에 투쟁의 대상이었던 파시즘과 정서 및 이론을 공유하며 상호침투해 마침내 공범 관계에까지 이르게 되었다는 것이다. 과거에는 식민주의나 파시즘에 대한 저항의 정신적 근원이었던 내셔널리즘이 오늘날 국수주의·파시즘적 사상으로 전락해버린 것은 민족·민중문학론이 '민족'이나 '민중'이라는 개념을 근본적으로 묻지 않고 자기완결적인 것으로 절대화해왔기 때문이라고도 덧붙였다.

논문을 읽고 심경이 상당히 혼란스러웠다. 논자의 주장에 반대해서가 아니다. 그 반대였다. 물론 이런 식의 논의를 처음 접한 바는 아니었다. 나 자신도 1995년

에「김지하에게 보내는 편지」라는 글을 통해 그가 국수주의 사상으로 전락한 것을 비판한 적이 있다.[11]

　　김철의 논문이 지적하듯, 김지하가 하는 말은 어리석고 황당하고 비논리적이며 전형적인 국수주의 성향을 보임에 틀림없다. 그 점을 다시 인식해야만 하는 것이 유쾌하지는 않다.

　　어떻게 이렇게 되어버렸을까. 저 1970년대의 어둡고 험난했던 날에, 특히 이 땅 바깥에 있던 나 같은 이들에게도 김지하라는 이름이 얼마나 특별한 것이었는지, 이 시대 사람들은 상상할 수 있을까.

　　　　신새벽 뒷골목에
　　　　네 이름을 쓴다 민주주의여
　　　　내 머리는 너를 잊은 지 오래
　　　　내 발길은 너를 잊은 지 너무도 너무도 오래
　　　　오직 한가닥 있어
　　　　타는 가슴 속 목마름의 기억이
　　　　네 이름을 남 몰래 쓴다 민주주의여

　　　　아직 동 트지 않은 뒷골목의 어딘가
　　　　발자욱소리 호르락소리 문 두드리는 소리
　　　　외마디 길고 긴 누군가의 비명소리
　　　　신음소리 통곡소리 탄식소리 그 속에 내 가슴팍

　　　　　　　　런던 2001년 12월

　　　속에
깊이깊이 새겨지는 네 이름 위에
네 이름의 외로운 눈부심 위에
살아오는 삶의 아픔
살아오는 저 푸르른 자유의 추억
되살아오는 끌려가던 벗들의 피묻은 얼굴
떨리는 손 떨리는 가슴
떨리는 치떨리는 노여움으로 나무판자에
백묵으로 서툰 솜씨로
쓴다.

숨죽여 흐느끼며
네 이름을 남 몰래 쓴다.
타는 목마름으로
타는 목마름으로
민주주의여 만세

　　1970년대 김지하의 대표작 「타는 목마름으로」다.
이것은 신에게 선택받은 위대한 '성배의 민족'을 찬양
하는 노래가 아니다. 뒷골목에서 흐느껴 울며, 나무판
자에 남몰래 '민주주의 만세'라고 쓰는 사람들이 자유
를 갈망하는 노래다. 여기에는 의심할 바 없이 한국이
라는 하나의 국가를 초월해 보편적인 인간 해방을 향

한 지향이 있다.

1970년대 초 두 형이 투옥되고 재일조선인으로 일본에 살면서 나 자신도 바로 이런 타는 목마름으로 자유, 한국의 경제적 자립, 한국 사회의 민주화를 간절히 바랐다. 당시 나는 한국이 민주화되어 형들이 해방되는 날이 오리라고 진심으로 믿지는 않았다. 오히려 그런 날이 끝내 오지 않을 것이라고 생각했지만 그럼에도 불구하고 인생을 의미 있는 것으로 만들고자 갈망했다.

당시 나는, 적어도 내 주관적 상상 안에서는 김지하로 대표되는 민족·민중문학을 매개로 민주화투쟁을 하는 한국 동포들과 함께였다. 그것은 내가 일본이라는 장소에서 살아가는 재일조선인 2세로서 내 삶의 의미와 방향성을 모색하는 데 결정적으로 중요했다. 살기 위해 꼭 필요했다고까지 할 수 있다.

그런데 지금은 어떤가? 그 무렵에는 상상할 수 없는 일이었지만 형들은 둘 다 살아서 감옥을 나왔고 한국 사회는 우여곡절을 겪으며 민주화의 길을 걸었다. 시련이 잇따르기는 했으나 저 '한 시대'는 과거가 되었다. 그러나 탑과도 같이 우뚝 서 있던 시인은 '성배의 민족' 운운하는 국수주의자가 되고 만 것이다.

나는 이전에 1970년대 한국 민주화운동 과정에서 진정으로 괄목할 만한 움직임을 보였던 한국의 민중

런던 2001년 12월

신학이 지금은 김지하와 '선민사상'을 공유해 "일종의 자기중심주의, 나르시시즘"에 전도되어 있는 것은 아닐까 우려한 적이 있다. 그리고 재일조선인과 같은 '디아스포라 조선인'을 시야의 밖에 두는 대신 '디아스포라'와 과제를 공유하고자 노력하는 것이 자기중심주의의 함정을 피하는 하나의 방법이 되리라고 썼다.[12]

물론 김지하 한 사람이 1970년대 저항적 내셔널리즘을 대표하는 것은 아니다. 오히려 그는 과격한 예외라는 견해가 있는 것도 알고 있다. 하지만 그렇다면 왜 1970년대를 그와 함께 겪은 사람들 사이에서 강력하고 이성적인 비판이 나오지 않는 것일까.

이렇게 말했다고 해서 내가 피억압 민족에 의한 해방과 자립을 위한 운동이 언제 어디에서나 불가피하게 자기중심주의나 국수주의로 전락할 운명을 지닌다고 결론짓는 것은 아니다. 현실을 외면한 냉소주의라고도 할 수 있는 이런 생각은, 식민 지배의 책임을 인정하지 않고 피억압 민족의 저항을 눈엣가시처럼 느끼는 사람들에게만 환영받을 것이다.

내셔널리즘을 넘어선다는 것은 '선진국'이라는 안락한 장소에서, '선진국'으로서 지닌 기득권을 무비판적으로 향수하면서 타자를 내셔널리스트라고 지칭한다고 해서 되는 것이 아니다. 피억압자가 저항을 위해 내셔널리즘을 필요로 하는 상황, 피억압자를 내셔널리즘으로 결집시키는 억압적 구조, 그것을 극복하는 것이 아니라면, 최소한 그것을 극복하려는 의지와 방향성도 갖고 있지 않다면 그 담론은 '내셔널리즘'이 아닌 '저항'을 무력화하는 힘으로만 작용할 것이다.

1970년대 한국의 민주화운동을 '내셔널리즘'이라는 한마디로 아우르는 것도, 하물며 그것을 김지하로 대표하게 하는 것도 성급하고 단순한 시각에 불과하리라. 그것은 무엇보다 해방과 자립을 위한 투쟁이었다. 내셔널리즘에서 기독교, 자유주의에서 마르크스주의에 이르기까지 광범한 정치적 입장의 차이를 유지한 채, 군사독재 타도라는 공동의 목표로 뭉친 일군의 사람들이 짊어진 역할이었다. '김지하'란 그와 같은 다양한 사람들의 집합을 상징하는 집합명사였다. 그런데 시대의 변화와 상황의 진전이 그 '집합적 인격'의 분열을 요구하고 있는 것이다. 그런 분열 과정을 거쳐 한국의 저항적 내셔널리즘이 더 보편적인 인간 해방의 사상을 향해 스스로를 열어가리라는 가능성을, 나는 단념하고 싶지 않다.

지금 한국에서는 1970년대, 1980년대에 군사정권과 싸운 세대가 사회 각 분야의 중핵을 차지하고 있다. 그들 대부분은 한 시대, 한 사회의 주인공으로 자신감에 넘쳐 있다. 김철이라는 논객도 자신이 한국이라는 사회의 일원으로서 시련의 한 시대를 살아왔다는 자

런던 2001년 12월

각에는 흔들림이 없을 것이다. 그의 논의는 저항적 내셔널리즘의 바람직한 분열 과정을 촉구하고, 그 최고의 자산을 살리는 내일에 기여할지도 모른다. 이렇게 해서 어떤 한 시대의 변혁을 중심에서 짊어졌던 '우리'는 해체되고 새로운 시대의 요구에 답할 수 있는 다음의 '우리'가 형성된다. 역동적인 분열과 종합의 과정을 반복하면서, 새로운 시련에 맞서는 새로운 운동과 사상이 단단히 세워질 것이다.

내가 혼란스러운 것은, 나 자신이 그와 같은 역동적 과정의 '바깥'에 놓여 있다고 느끼기 때문이다. 한국의 동포들과 똑같은 고통을 체험한 것은 아니었겠지만 나 역시 '시련의 시대' 수인囚人의 몸이었다고 말하는 것은 허락될 것이다. 그러나 나는 지난 30년을 '바깥'에 있었다. 그 시간은 20대부터 50대라는, 사람의 인생에서 중심을 이루는 세월이었다.

나와 같은 디아스포라와 한국 동포들이 투쟁을 통해 '합류'合流한다는 구상이 1970년대 초에 내가 막연하게 지니고 있던 전망이었다. '합류'란 한국 민중신학의 용어다. 그러나 '합류'는 일어나지 않았다. 지금 나는 자신이 여전히 '바깥'에 있음을, 그리고 내 인생의 유한한 시간이 그렇게 지나가리라는 것을 런던의 오래된 호텔에서 실감하고 있는 것이다.

II

폭력의 기억

광주
1990년 3월, 2000년 5월

망월동

내가 처음으로 광주를 찾은 것은 1990년 봄이었다. 오랜 세월 옥살이를 해온 두 형 가운데 서준식은 1988년에 출옥했고, 서승도 1990년 3월 1일, 19년간의 감옥살이에서 해방되었다. 출소 후 사회 복귀에 따르는 여러 문제에 대처하기 위해, 나는 그 무렵 상당 기간 동안 서울에 머물고 있었다.

형(서승)의 얼굴과 상반신에는 커다란 화상의 흔적이 있다. 그는 체포 직후 취조 중 혹독한 고문을 받았다. 고통에 못 이겨 허위 자백을 하면 친구와 지인에게 막대한 폐를 끼치고 나아가 민주화운동 자체에도 피해를 입힐 거라고 생각한 형은 그 사실이 두려워 분신자살을 기도했던 것이다.[13]

내가 내심 우려했던 것은 그 상처가 정신적인 부담이 되어 출옥 후 형이 사회에 제대로 적응하지 못하는 게 아닐까 하는 것이었다. 어떻게든 옆에 남아 형이 사회에 복귀하도록 도와야 한다고 생각했다.

그런데 현실은 예상과는 정반대였다. 동창생, 친구, 매스컴, 사회운동가, 종교인 그 밖에도 각 분야의 사람들이 이른 아침부터 밤늦게까지 끊이지 않고 연락해왔는데 형은 그 모든 요구에 응해 이야기를 나누며 스스로도 바쁘게 움직였다. 오랜 세월 사막을 헤매

던 방랑자가 오아시스에서 성급하게 갈증을 해소하려
는 모습 그 자체였다.

　　기뻐할 일임에는 틀림없었으나 내 안에서는 매일
같이 당혹감이 밀려들었다. 19년간 서로 떨어져 있었
던 우리 형제에게는 옛날 일이나 앞으로의 계획 등 이
야기할 것이 산더미처럼 쌓여 있었건만 며칠이 지나
도 느긋하게 이야기를 나눌 기회는 좀처럼 찾아오질
않았다. 항시 누군가 모르는 사람이 형의 곁에 있는 것
이다. 형은 그 상황을 기뻐했다. 너무 정신이 없었다.
지금 생각해보면 그때 형은 일종의 흥분 상태였던 것
같다. 변변히 얘기도 못 나누고 가까운 장래의 전망조
차 의논하지 못한 채 날만 헛되이 흘러갔다.

　　초조함이 상당 수위에 달했다고 느낀 어느 날 아
직 어둑한 이른 아침에 나는 혼자 여행을 떠났다. 목적

광주 망월동
민주화항쟁 희생자 묘지
(1988년 5월)

광주 1990년 3월, 2000년 5월

지는 광주. 한국에 와서 어딘가 지방을 방문한다면, 그 어디보다 광주가 우선이라고 생각했기 때문이다.

　김포공항에서 첫 비행기를 탔다. 광주까지는 한 시간 조금 못 미치는 거리였다. 창밖 너머로 보이는 대지는 전체적으로 붉은빛을 띠었다. 검고 습한 일본의 땅과는 전혀 다른 모습으로 각박하고 가혹한 인상을 주었다.

　광주공항에서 택시를 잡아 탄 나는 '말이 잘 통할까' 하는 불안을 한편에 둔 채로 나이 지긋한 택시 기사에게 행선지를 말했다. '망월동'. 그것은 광주에 관해 내가 알고 있는 몇 안 되는 고유명사 중 하나였다. 광주민주화항쟁에서 희생된 이들의 묘지가 그곳에 있었다.

　1979년 10월 26일 독재자 박정희는 측근에게 암살당했다. 18년간 지속된 군사독재가 여기서 끝나는 듯했다. 그러나 당시 육군보안사령관이던 전두환이 실권을 장악해, 1980년 봄 이후 '서울의 봄'을 꽃피우며 전국적으로 확산되고 있던 민주화운동의 탄압에 나섰다. 5월 17일 밤 계엄령이 선포되었지만 광주에서는 학생 및 시민이 격렬한 저항을 계속했고 전두환은 공수부대를 투입했다. 군은 처참한 학살을 저지른 끝에 5월 27일 광주를 진압했다.

　매년 5월 광주민주화항쟁 기념일이 돌아오면 망

월동 묘지에서 땅을 치며 울부짖는 흰옷 입은 유족들의 모습이 보도된다. 당시 일본어 번역본으로 읽고 그대로 마음에 상흔으로 새겨지고 만 시구가 있다. 일본에 있던 내가 상상한 도시 '광주'는 이 시가 읊은 바로 그곳이었다.

아아, 광주여 무등산이여
죽음과 죽음 사이에
피눈물만 흘리는
우리들의 영원한 청춘의 도시여

우리들의 아버지는 어디로 갔나
우리들의 어머니는 어디서 쓰러졌나
우리들의 아들은
어디에서 죽어 어디에 파묻혔나
우리들의 귀여운 딸은
또 어디에서 입을 벌린 채 누워 있나
우리들의 혼백은 또 어디에서
찢어져 산산이 조각나 버렸나

하느님도 새떼들도
떠나가 버린 광주여
그러나 사람다운 사람들만이

광주 1990년 3월, 2000년 5월

아침저녁으로 살아남아

쓰러지고, 엎어지고, 다시 일어서는

우리들의 피투성이 도시여

죽음으로써 죽음을 물리치고

죽음으로써 삶을 찾으려 했던

아아 통곡뿐인 남도의

불사조여 불사조여 불사조여

— 김준태 「아아 광주여, 우리나라의 십자가여」 앞부분

어떤 누나

1980년대 중반 나는 미국의 작은 지방 도시를 찾았다. 형들의 구원 활동을 하고 있던 그 도시의 인권운동 단체가 내 이야기를 듣는 작은 모임을 기획했던 것이다. 열 명 남짓한 참가자 중에 마흔쯤 되어 보이는 아시아계 여성이 한 명 있었다. 나중에 들으니 그녀는 한국에서 이민 온 코리안 디아스포라였다.

집회가 끝난 후 그녀는 자기 집에 꼭 들르라고 권했다. 그녀의 집은 반지하 창고 같은 살풍경한 곳으로, 소개받은 백인 남편은 첫눈에도 그녀보다 훨씬 어려보였다. 정성껏 만든 식사를 대접받으면서 천천히 이야기를 들어보니 그녀는 광주가 고향이었다. 또 남동

생이 정치범으로 광주의 감옥에 있는데 몸이 약해 버틸 수 있을지 걱정이라고 했다. 북미의 한구석에서 두 사람의 코리안 디아스포라가 만났는데 알고 보니 둘 다 정치범의 가족이었던 것이다.

고국에 있는 가족은 너무 가난해, 머나먼 미국에서 그녀가 미용사 일로 번 얼마 안 되는 돈을 부치면 그걸로 책이나 약, 옷가지 등의 차입품을 사서 남동생에게 보내고 있다고 했다. 그러면서 그런 피 같은 물건들이 본인한테 가기도 전에 행방불명되거나 형무소 당국의 허가가 내려지지 않거나 한다고 한탄했다. 그것은 그대로 내가 겪은 경험이기도 했다.

수염을 기르긴 했지만 그녀의 남편은 고등학생 정도로밖에 보이지 않았다. 내가 일본에서 왔다는 이야기를 듣자 자기도 일본에 한 번 간 적이 있다고 했다. 주한 미군의 병사로 한국에 근무한 적이 있는데, 제대를 앞두고 휴가를 이용해 며칠간 도쿄와 가마쿠라 주변을 관광했다는 것이다. "일본의 문화는 훌륭하다, 나는 선禪에 관심이 있다"고 했다.

'일본인'도 아니고 '일본 문화'라는 개념 자체가 근대에 만들어진 하나의 허구에 지나지 않는다고 생각하는 내가, 이렇게 천진한 질문을 받는 아이로니컬한 입장이 된 것이다. 상대에게 악의가 없는 만큼 더 곤란하다. 차근차근 성실하게 대답하려고 하면 재일조

광주 1990년 3월, 2000년 5월

선인이라는 존재의 개념 정의에서부터 국민국가론에 이르는 거창한 논의를 전개해야만 한다. 상대방이 기대하는 것은 그런 게 아니다. 날씨를 화제 삼아 던지는 인사말일 뿐이다. 하지만 그렇다고 해도 적당히 맞장구를 쳐주면 상대방에게 계속해서 그른 인식을 줄 것 같고 나 자신이 불성실한 듯한 일종의 전도된 죄책감에 사로잡히게 된다. 이때는 다행히 그녀의 남편이 비교적 빨리 내가 그런 화제를 별로 내켜하지 않는다는 걸 이해했고 곧 따분하다는 듯 딴전을 피웠다.

그런 남편을 힐긋 바라보며 그녀는 한탄했다. 고국에 사는 가족의 형편상 옥중에 있는 남동생의 생명까지 내 어깨를 누르고 있다, 남편이 나와 결혼할 마음이 든 건 '일 잘하고 순종적인 동양 여자'라는 편견 때문이다, 그런 남편하고라도 결혼하지 않으면 이 미국에서 살아올 수 없었을 것이다, 남편은 아직 어린애라 의지가 안 된다, 동생은 무사히 풀려날까, 이런 탄식의 날들에 과연 끝이 있을까. 나는 말없이 그저 가만히 귀를 기울일 수밖에 없었다.

그 후 그녀는 어떻게 지내고 있을까? 그녀의 남동생은 살아남았을까? 알 길이 없다.

풀 덮인 무덤

시가지를 우회해 산길을 달려 망월동에 도착해보니 산 중턱의 쓸쓸한 비탈에 흙 봉분이 늘어서 있다.

한국에서는 전통적으로 매장을 하는 것이 관습이라 일반적으로 화장은 기피되어왔다. 내가 태어나 처음으로 한국을 찾은 1966년, 아버지의 고향인 충청남도 산골에 갔을 때 만두처럼 생긴 흙 봉분이 산자락 일대를 뒤덮고 있는 광경에 마치 마을 전체가 묘지처럼 보여 매우 놀랐던 기억이 있다. 그 후 박정희 정권하에서 화장이 장려되고 고도의 경제성장을 거치며 산업화와 도시화가 진행되면서, 매장이 감소하고 흙 만두 모양의 봉분도 눈에 띄게 줄었다.

그러나 이곳 광주 망월동은 전통적인 봉분 묘다. 흙 봉분 하나하나에 작은 묘비가 세워져 있다. 고인의 사진을 붙인 것이 많다. 사망 일자를 보니 대부분 1980년 5월 18일에서 28일 사이에 몰려 있다. 광주민주화항쟁이라는 해방 공간이 생겨났다가 계엄군에게 압살되기까지 한순간 빛줄기와 같은 날들이다.

그중 한 묘표에 언젠가 들어본 기억이 있는 이름이 있다. 박관현. 학생운동을 이끌었던 그는 1983년 광주 감옥에서 40일간의 단식투쟁 끝에 옥사했다. 당시 그의 운명은 형들의 그것과 겹쳐 보였다. 형들도 옥중

광주 1990년 3월, 2000년 5월

에서 몇 번이나 단식투쟁을 했다. 가장 길었던 건 51일에 이른다. 나는 박관현의 경우를 생각하면서 형들의 죽음을 거의 각오하고 있었다. 그러나 그 형들은 살아서 출옥했고 나는 망월동 묘지에 와 박관현의 묘 앞에 서 있는 것이다. 오랫동안 나는 이 장소를 상상해왔을 뿐이었다. 나 자신이 실제로 이곳을 찾게 되리라고는 생각지 않았다.

나의 어머니 오기순이 교토의 병원에서 돌아가신 것은 광주에서 참극이 일어나던 바로 그때, 1980년 5월 20일이었다. 일본에서 한국으로, 차입 신청과 면회를 위해 들락날락하시던 어머니는 자식들이 석방되리라는 일말의 희망조차 품어보지 못하시고, 절망의 한가운데서 세상을 떠나셨다.[14]

광주민주화항쟁과 어머니의 죽음으로부터 7년이 지난 1987년, '6월민주항쟁'이라 불린 거대한 투쟁이 한국 전역에서 전개되었다. 그 결과 전두환은 재선 불출마를 표명하고 그의 후계자 노태우는 국민에게 '민주화'를 약속하지 않을 수 없게 되었다.

군사독재 시대가 막을 내린 것이다. 이어 형들은 차례로 출옥했다. '그러나'라고 나는 생각한다. 이 기쁜 일들을 어머니는 보시지 못했다. 절망스러운 나날의 정경만을 뇌리에 새긴 채 어머니는 돌아가셨다. 어머니에게는 그 절망의 기억만이 최종적이고 절대적인 것이었다. 산 자에게 기억이란 날마다 갱신되는 것이지만 죽은 자의 기억은 갱신되지 않는다. 이런 생각이 나를 압도했다.

둘러보니 주위에 사람 그림자는 없다. 망월동의 산은 정적에 잠겨 있다. 비가 오려는지 습기를 머금은 바람이 산비탈을 불고 지나간다. 무덤을 뒤덮은 풀들이 바람에 흐느낀다.

광주 학살의 책임자 전두환 군사정권의 시대는 지났지만 당시(1990년)는 아직 그 후계자인 노태우 정권이 집권하고 있었다. 광주의 기억이 사람들 사이에서 조심스럽게 회자되기 시작할 무렵이었다.

"가능하면 광주교도소 옆을 지나가 주시겠습니까? 그냥 차 안에서 바라보기만 하면 됩니다."

군사정권 시대 한국에는 사회 이곳저곳에 '방첩'防諜이라는 명목으로 감시망이 형성되어 있었다. 지하철 전동차 안에는 전화번호가 크게 적힌 '간첩 신고' 포스터가 붙어 있었다. 택시 기사는 수상쩍은 승객을 태웠을 때는 즉각 신고해야 한다. 입을 다물고 있다가 성가신 일이 생기면 기사 본인이 위험해진다. 그런데 지금이 바로 그런 케이스다. 군사정권 시대가 끝났다고는 하지만 아직 그 신고 체제는 건재했다.

남자 혼자 공항에서 바로 망월동으로 가더니, 이

광주 1990년 3월, 2000년 5월

번에는 감옥이 보고 싶다고 한다. 아무리 봐도 비즈니스나 관광이 목적인 것 같지는 않다. 재일 동포일까. 말도 엉성하고 발음도 서툴지만 '교도소'라는 한국의 특수한 용어를 알고 있는 것도 수상하다. 말하자면 그때의 나는 수상쩍은 승객의 모범 답안과도 같았다. 지금 생각하면 기사가 나를 신고하지 않은 게 신기할 정도다.

어색한 긴장감을 공기 중에 가득 싣고 택시는 달렸다. 그리고 기사가 가리키는 방향에 무미건조한 콘크리트 건축물이 보였다. 형인 서준식이 고문을 받던 곳, 미국에서 만난 여성의 남동생이 수감되어 있던 곳, 어쩌면 아직도 갇혀 있는 곳이다. 그리고 박관현이 단식투쟁 끝에 옥사한 곳이다.

그곳에서는 1973년부터 1974년까지 수십 명의 비전향 정치범에게 사상 전향을 강요하기 위해 집중적인 고문이 행해졌다. 가족과의 면회, 차입도 일절 금지. 독서도 옥외운동도 일절 금지. 비전향수 한 명을 흉악범 여러 명이 있는 감방에 집어넣어 흉악범으로부터 장기간 일상적으로 폭행당하게 하기. 주전자에 가득 넣은 물을 억지로 들이부어 마시게 한 후 부풀어 오른 위를 짓밟아 토하게 하기. 한겨울 기온이 영하 10도 이하로 내려가는 바깥에 묶어두기. 온갖 폭행이 수개월에 걸쳐 계속되었다. 형은 깨진 유리 조각으로 손목을 그어 자살을 시도했지만 목숨을 건졌다.

　그 모든 일들이 저 두껍고 높은 벽 너머에서 행해졌던 것이다. 빼곡히 들어찬 건물이 택시 창밖으로 보였다 사라졌다 하면서 비정한 시대의 기억, 가장 음산한 폭력의 기억도 멀어져가고 있었다.

광주여 영원히!

처음 찾은 날부터 꼭 10년 후인 2000년 5월 18일, 나는 다시 광주로 향했다.

　서울에서 출발한 비행기에는 바이올린 케이스를 든 한 무리의 사람이 함께 타고 있었다. 조금 후에 안 것이지만 그들은 서울의 한 교향악단 단원들로, 광주민주화항쟁 20주년 기념행사에서 연주하기 위해 광주로 향하는 길이었다. 게다가 연주 곡목에는 윤이상 작곡의 〈광주여 영원히!〉가 포함되어 있었다.

　광주시 북동쪽 교외에는 10년 전 내가 찾았던 망월동 가까이에 광대한 새 묘지가 정비되어 ‘5·18묘역’(현재 국립5·18민주묘지)이라는 이름을 달고 있었다. 그날이 사건으로부터 꼭 20주년이 되는 기념일이었기 때문인지 젊은 커플이며 가족 등 많은 시민의 방문이 끝없이 이어졌다. 정면의 큰 기념탑을 중심으로 오른

쪽에는 예배당, 왼쪽에는 기념관이 자리하고 있다. 기념관 패널에 쓰인 글은 전두환 군사정권의 탄압을 가차 없이 비판하는 내용이었다.

기념관 뒤편에는 깨끗하게 정비된 묘지가 펼쳐져 있다. 묘비를 바라보며 걷고 있자니 망월동에서 이장되었는지 헌화로 장식된 희생자의 묘가 눈에 띈다. 적막한 망월동과 얼마나 다른지 묘원의 정비는 국가의 정책으로 실시되고 있었다. 학살 사건은 공식적으로 '광주민주화운동'이라 불리게 되었고 희생자들은 민주화를 위해 순국한 '열사'로 불리고 있었다. 김대중 정권의 탄생으로 가능해진 변화다.

그러나 그 변화를 지켜보는 내 마음에 미묘한 위화감이 드는 것도 사실이다. 국가의 정사正史는 이렇게 만들어진다. 여러 희생자들, 사자死者들은 이렇게 해서

새로 단장한
5·18 묘역

폭력의 기억

국가의 정사에 자리매김돼간다. 그 과정에서 누락되는 것, 은폐되는 것, 왜곡되는 것도 결코 적지 않을 것이다……. 이 질서 정연하고 환한 공원묘지보다 잡초 무성한 망월동의 묘지가 광주의 사자들을 진정으로 기념하는 데 더 어울린다. 나는 그렇게 생각했다.

공원묘지의 문을 나서니, 광장에 설치된 특설 무대에서 교향악단이 〈광주여 영원히!〉를 리허설 중이었다. 오랫동안 금지되어온 곡을 연주한다는데 단원이나 관계자 들의 표정은 아주 편안해 보였으며, 두려움이나 긴장을 찾아볼 수 없었다. 그것이 오히려 내게는 이상하고 거북하게 느껴진다.

1917년에 태어난 윤이상은 1950년대에 유럽으로 건너가 현대음악 작곡가로 성공을 거두었다. 1967년 박정희 정권의 중앙정보부가 유럽에 거주하는 다수의

윤이상

광주 1990년 3월, 2000년 5월

한국인들을 납치한 '동백림 사건' 때 그도 비밀리에 독일에서 서울로 연행되었다. 나는 그의 뒷머리에 난 거미집 같은 모양의 커다란 상처를 본 적이 있다. 구금중에 스스로 머리를 깨 자살하려다 생긴 상흔이었다. 자살에 성공하지 못한 그는 간첩 혐의를 받고 법정에서 한때 무기징역을 선고받았으나 당시 서독 정부를 비롯한 국제 여론의 엄중한 항의에 의해 연행된 지 2년 만에 석방되었다.

놀랍게도 그는 감방에서 연필과 오선지만 가지고 오페라 〈나비의 미망인〉 등 세 곡의 작품을 작곡했다. 완성된 악보가 가족에게 전달될 때, 거기에 무엇인가 암호가 감추어져 있으리라 의심한 중앙정보부가 아무개 음악대학 교수에게 감정을 의뢰했다는 일화가 전해진다. 윤이상을 석방할 때 중앙정보부장 김형욱은 그에게 이렇게 경고했다고 한다. "독일에서는 조심하시오. 당신을 같은 방법으로 두 번이나 한국에 데리고 올 수는 없겠지만 우리에게는 적을 처리해버리는 여러 방법이 있으니까." 수년 후 행방불명이 된 것은 윤이상이 아니라 김형욱 자신이었다. 정권 내부의 암투에서 밀려나 도피한 프랑스에서 (아직도 명확한 진실은 밝혀지지 않았지만) 암살되었던 것이다.

위태롭게 사지를 빠져나와 서독으로 생환한 윤이상은 그 후 왕성하게 작곡 활동을 계속하며 현대음악

세계에서 확고한 입지를 쌓는 한편 해외에서 한국 민주화운동을 이끄는 역할을 했다.

윤이상의 아내 이수자 선생으로부터 베를린 교외의 댁에서 직접 들은 이야기가 있다. 1980년의 학살 당시 그는 TV 뉴스를 보며 매일 눈물을 흘렸다고 한다. 그 깊은 비탄 속에서 탄생한 곡이 소프라노와 실내 앙상블을 위한 〈밤이여 나뉘어라〉와 〈광주여 영원히!〉다. 그때까지 그는 자신의 작품에 정치적·사회적 주제를 직접 내세우는 일은 없었는데 이 곡은 최초의 예외였다.

당연히 이 곡은 전두환 정권과 노태우 정권하의 한국에서는 연주되지 못했다. 말하자면 국가에서 정한 금지곡이었다. 그러던 것이 지금, 바로 그 광주에서 공식 행사의 일환으로 연주되고 있는 것이다. 너무나 갑작스러워 믿기지 않지만 틀림없는 사실이다.

1995년 11월 3일 나는 베를린에 있었다. 윤이상을 인터뷰하는 것이 목적이었다. 미리 국제전화로 허락을 얻기는 했지만, 도착해 전화를 해보니 집을 시키는 여성이 애매한 응답을 할 뿐이었다. 좀 이른 첫눈이 흩날리는 추운 날이었다. 밤늦게 겨우 이수자 선생과 전화 연결이 되어서 바로 그날 오후 4시 30분에 윤이상이 세상을 떠났음을 알았다. 향년 78세였다.

이틀 후 조문을 가니 영정 사진 뒤편 벽에 그가 평

광주 1990년 3월, 2000년 5월

생 그리워했던 고향 통영의 항구가 내려다보이는 파노라마 사진이 걸려 있었다. 1980년 이후 한국 정부는 윤이상에게 몇 번이나 귀국을 권유했다. 인권 탄압으로 악명 높았던 한국이 국제사회에서 이미지 향상을 기대하고 또 재외 민주화운동에 타격을 가하려는 의도였다. 그러나 그는 진정한 민주화가 성취될 때까지 조국의 흙을 밟지 않겠다고 선언하며 그 권유를 계속 거절했다.

군사정권 시대가 막을 내리고 김영삼 정부가 등장해 귀국 실현의 조건이 갖추어지는 듯 보였다. 세상을 떠나기 1년 전에는 귀국 일보 직전까지 상황이 진전되었다. 그러나 베를린을 떠나기 전날 한국 정부로부터 '과거의 행동을 반성한다', '앞으로 북한과 절연한다'는 두 가지 태도를 표명하라는 조건이 제시되었으며 윤이상은 이를 거부하고 귀국을 취소했다.

윤이상의 무덤

폭력의 기억

일본에서 태어난 디아스포라인 나는 솔직히 윤이상과 같은 사람이 느끼는 '망향의 심정'이 어느 정도의 것인지 잘 모른다. 그러나 인간의 '망향의 심정'까지도 철저하게 이용하려 하는 정치권력의 비열함과 잔혹함만은 분명 잘 알고 있다.

윤이상이 두 번 다시 고국의 흙을 밟지 못하고 망명지 베를린에서 객사한 지 5년. 지금 광주에서 마치 아무 일도 없었다는 듯 그의 곡이 연주되려고 한다. 그가 살아서 이 정경을 봤다면 과연 뭐라고 했을까.

암흑은 마침내 물러갔는가? 그 아픔, 그 한은 씻어졌는가? 이제 안심해도 좋은가? 마음 놓고 삶을 즐겨도 좋은가? 아무래도 불안한 것이다. 나라는 사람이 너무 의심이 깊고 지나치게 비관적인 것일까. 몸에 스며든 폭력의 기억에 너무 사로잡혀 있는 것일까.

광주 거리에는 밝은 빛이 넘쳐났다. 상쾌한 5월의 바람이 분다. 무등산은 파릇파릇한 어린 이파리로 뒤덮여 있다.

넓은 메인 도로에 '금남로'라는 표지가 보였다. '아! 여기가 금남로구나' 나는 입 밖으로 소리 내어보았다. 기억에 새겨진 지명이다. 그날 군사독재에 반대하는 군중이 이 도로를 메우고 있었다. 버스 기사들도 줄지어 차량을 몰고 나와 시위에 참가했다. 그리고 계

광주 1990년 3월, 2000년 5월

엄군 부대와 장갑차가 침공한 것이다.

지금은 각종 자동차들이 바쁘게 오갈 뿐인 흔한 도로다. 그것은 환상이었을까. 아니면 지금 눈앞에 보이는 이 광경이 환상일까.

도청 앞 광장에도 가보았다. 지금은 '5·18민주광장'으로 이름이 바뀌었다. 계엄군의 포위에 긴장이 고조되는 가운데 사람들은 연일연야 이 광장으로 모여들었다. 그들은 스크럼을 짜고 토론하고 노래를 부르고 구호를 외치며 닥쳐오는 죽음을 각오했다.

나는 일본에 있으면서 시시각각 보도를 통해서만 그 도로, 이 광장을 생각해볼 뿐이었다. 그들이 내려친 곤봉은 내게 닿지 않았으며, 총탄은 내가 있는 곳까지 날아오지 않았다. 나는 곤봉과 총탄이 난무하는 것을 TV를 통해 바라볼 뿐이었다.

지금 5·18민주광장을 오가는 사람들의 표정은 생기 있고 자신감이 넘쳐 보인다. 가혹한 체험을 겪고 값비싼 대가를 치르고 자신의 손으로 변화를 쟁취한 자들의 모습이라고 할까. 망연한 느낌으로 나는 거듭 자문한다. 나는 이 거대한 변화를 추진한 구동력의 한 부분이었다고 할 수 있을까? 한 사람의 디아스포라인 나는 결국 늘 그 변화의 '밖'에 몸을 두어왔던 것이 아닐까?

그날 밤, 지인이 데리고 간 여염집풍 식당에서 추어탕이며 강렬한 발효 냄새가 나는 홍어찜 등 지역의 진미를 즐겼다. 기분 좋을 정도로 취해 숙소로 돌아가다가 번화가 뒷길의 기묘하게 밝은 쇼윈도가 늘어선 골목으로 접어들었다. 창 안쪽에 있는 것은 마네킹 인형이 아니다. 살아 있는 여성이다. 화려한 복장의 젊은 여성이 무료하게 담배를 피우며 앉아 있었다.

여긴 뭘까? 들여다보는 나와 손톱을 짙게 색칠한 손가락 사이로 올려다보는 여성, 두 사람의 시선이 부딪쳤다. 칼과 같은 시선이었다. 그 나이에 이미 얼마나 많은 불행을 겪어왔을까. 그렇게 사납고 그렇게 마음을 얼어붙게 하는 시선과 나는 만난 적이 없다. 뒤늦게 알았지만 그곳은 성매매 집결지로, 창 속의 여성들은 성매매에 종사하는 이들이었다.

암담한 감정과 함께 내 머릿속에 앞뒤가 맞지 않는 몇 조각의 말이 단편적으로 떠올랐다가는 사라져 갔다.

아아, 광주여 무등산이여
우리의 암흑은 마침내 물러갔는가
우리의 한탄의 나날들에 마침내 끝은 왔는가
정말인가 그것은 정말인가…….

광주 1990년 3월, 2000년 5월

비엔날레

2000년 5월 내가 10년 만에 광주를 찾은 목적은 광주비
엔날레를 보기 위해서였다. 광주비엔날레는 1995년부
터 시작되었다. 2년에 한 번 열리는데 2000년은 제3회.
전체의 테마는 '人 + 間'Man+Space이었다.

　　이와 같은 대규모 미술전은 한국 사회의 민주화와
경제적 발전이 있었기에 비로소 가능해진 것이다. 당
연한 일이지만 광주라는 도시에서 개최한다는 특별한
의의를 관계자 모두가 강하게 의식해왔다. 이 미술전
에는 민주화투쟁의 의미를 끊임없이 새로운 문맥에서
상기해 기념하고 그것을 준엄하게 재평가하려는 의
도가 포함되어 있다. 그렇기 때문에 '광주민주화항쟁'
의 자리매김, 한국 현대사 속에서 민주화운동의 평가
와 관련되는 역사관의 대립, 비엔날레 운영의 기본 개
념 등을 둘러싸고 격렬한 논쟁이 끊이지 않았다고 한
다. 제1회 때는 장외에서 안티비엔날레라 부를 수 있
는 '민족예술제'가 열리기도 했다. 미술과 정치 상황의
관계를 묻는 시각의 대립과 논쟁은, 일본에서는 쇠퇴
해버렸지만 여기서는 생기와 활기를 띠고 있는 것 같
았다.

　　시내 중심가에서 외곽 쪽으로 좀 떨어져 있는 메
인 전시관에 도착하니 정문 앞에는 포장마차 같은 저

로뮈알드 아주메의 작품들.
맨 위부터 〈카이〉KAYI, 1996, 〈낮의 장군〉General d'un Jour, 1994,
〈그리스인〉Le Grec, 1995, ⓒ Romuald Hazoumè

렴한 식당이 몇 군데 늘어서 있고 퉁명스러운 표정의 여자 주인이 손님을 맞이한다. 택시 기사인 듯한 남자 몇 명이 따분한 듯 모여 앉아 어묵이며 튀김 따위를 먹고 있다. 청결해 보이진 않지만 제법 맛있을 것 같다.

국제 미술전이라고 젠체하는 티가 전혀 없다. 관객은 가족 동반이 많고 작품을 접하는 태도도 결코 미술을 공부하는 분위기가 아니다. 웃고 이야기를 나누고 커다란 제스처로 놀라는 등 극히 자연스럽게 즐기는 것이다. 전시된 작품들에도 그와 같은 자유로운 분위기가 넘쳐난다.

예를 들면 서아프리카 베냉 태생의 로뮈알드 아주메Romuald Hazoumè라는 작가는 플라스틱 병, 부서진 청소기, 다리미 등 폐품을 능숙하게 활용한 가면 시리즈를 출품했다. 어느 것이나 아프리카의 전통 가면을 떠올리게 하며 호감 가는 유머를 갖추고 있다. 게다가 이 작가는 개막보다 일찍 한국에 와 한국 땅에서 주워 모은 폐품까지 작품에 이용했다고 한다. 개발독재하에서 경제성장을 만능으로 여기는 정책이 가져온 한국의 심각한 환경파괴 현실에 대한 풍자이기도 한 것이다.

〈펑크 프로젝트〉 중 '무제' Untitled from the Punk Project,
니키 리, 1997 ⓒ Nikki Lee

나는 누구인가

발걸음을 재촉해 걷다가 니키 리Nikki S. Lee라는 여성 아
티스트의 사진 작품 앞에서 발이 멈췄다. 경력을 보니
1970년 한국에서 태어나 현재 뉴욕에 거주한다고 되
어 있다. 서른 살의 젊은 코리안 디아스포라다.

　　그녀의 작품은 일견 흔한 스냅사진처럼 보인다.
피사체는 미국 사회 각계각층의 사람들이다. 예를 들
면 펑크 패션의 젊은이, 히스패닉계의 대도시 빈민층,
방에 남부군 깃발을 장식으로 걸어둔 오하이오주의
가난한 백인 또는 고급 정장으로 몸을 감싼 뉴욕의 여
피……. 그러나 그 스냅사진들 어디에나 니키가 찍혀
있다.

　　능란한 분장과 연기로 니키는 어떤 때는 남부의
가난한 백인, 어떤 때는 월 스트리트의 커리어우먼으
로 변신하는데 그 용모는 아무리 보아도 동아시아인
이다. 이 작품은 다민족의 다문화를 표방하는 미국 사
회에 던져진 새로운 세대의 코리안 디아스포라가 아
이덴티티에 대한 갈등과 투쟁을 단적으로 표현한 것
이다.

　　자기는 무엇이든 될 수 있다고 주장하는 듯도 하
며 반대로 무엇인가 다른 것이 되더라도 태생의 각인
을 지울 수는 없다고 이야기하는 듯도 하다. '아이덴티

〈오하이오 프로젝트 7〉The Ohio Project 7,
니키 리, 1999 ⓒ Nikki Lee

티'라는 사고방식 자체에 대한 항의라고 이해되는 한 편 아이덴티티를 끈질기게 주장하는 듯도 하다. 그런 양가성이 흥미롭다.

'아이덴티티'라는 말은 일본에서는 때에 따라 '애국심'이나 '민족의식'과 같은 의미로 잘못 쓰이기도 한다. 아이덴티티란 '나는 누구인가'라는 끈질긴 물음일 것이다. 많은 다수자는 이런 물음을 스스로에게 던지는 경우가 거의 없고 자기가 누구인가 하는 것을 거의 의식하지도 않는다. 그러나 재일조선인이 그렇듯 디아스포라의 특징은 '나는 누구인가'라는 물음을 피할 수 없다는 것이다. 나 자신도 철이 들고부터 이 물음과의 인연이 끊긴 적이 없다.

아이들끼리 싸움이 벌어져 "조-센朝鮮 돌아가" 하는 욕을 들을 때마다 내가 다른 애들과 다른 '조-센'이라는 존재임은 이미 알고 있었지만 그런 말을 듣는 내가 왜 여기에 있는지, 어디로 돌아가야 하는지는 속 시원히 알 수가 없었다.

중·고등학교 때 장래의 진로가 화제에 오르면, 공무원이 된다는 친구, 변호사가 되겠다는 친구 들에게 나는 그런 직업을 가질 수 없다고 내 편에서 설명해야 했다. 대기업 입사가 목표라는 친구 앞에서 "나는 그런 삶은 택하지 않는다"라고 한 것은 둘도 없이 소중한 자존감을 지키기 위해서였다. 실제로는 내가 그 길을 택하지 않는 것이 아니라 대기업 쪽에서 나를 거절하는 것이다. 그 사실을 나는 잘 알고 있었다.

베트남 반전 데모에 참가하자는 권유를 받았을 때도 "나는 너희와는 입장이 다르다"라며 거절했다. 정치 활동에 참가하고 싶은 의욕은 남 못지않았지만 내게 있어서 그것은 일본인의 그것과는 다르리라고 생각했다. 그런 설명을 했지만 상대방은 이해해주지 않았다. 마지막에 "나는 일본 사람이 아니니까" 했더니 "왜 귀화하지 않는 거지?" 정색을 하고 되물었다.

그리고 무엇보다 여자에게 마음이 끌릴 때마다 끊임없이 '나는 누구인가' 하는 물음을 주체할 수가 없었다. 식민 지배자의 자식과 피지배자의 자식이 행복하게 사귈 수 있다고는 생각할 수 없었다. 만약 결혼해 아이가 생긴다면 그 아이의 인생은 어떻게 될지 전혀 상상할 수가 없었다. 내가 재일조선인이라는 사실이 갖는 의미를 상대 여성이 이해하지 못한다는 사실에 언제나 안절부절못했다. 그러나 사실은 나 자신도 그 복잡한 의미를 이해하고 있었던 건 아니다.

왜 모든 것이 이렇게 어색하고 딱딱한가. 아무리 해도 더 자연스럽게 살 수는 없는 걸까. 그 원인이 나 자신이 외골수여서라고 생각했다. 아무리 봐도 자의식이 너무 강한 것 같은 나 자신을 애처로워하고 미워했다.

광주 1990년 3월, 2000년 5월

세계 각지에서 저항적 학생운동의 불길이 타올랐
던 1968년, 고등학교 3학년이던 나는 처음으로 프란츠
파농Frantz Fanon을 읽고 강렬한 충격을 받았다. 시험공
부도 제쳐두고 열중해 읽은 책이 지금도 곁에 남아 있
다. 그때 빨려들 듯 연필로 그었던 선도 그대로다.

> 식민주의는 타자의 계통적인 부정이며 타자에
> 대해 인류의 그 어떤 속성도 거부하려는 광폭
> 한 결의이기에 피지배 민족을 절박한 지경까지
> 몰아넣어 그들이 자기 자신에게 '진정 나는 무
> 엇인가'라는 물음을 끊임없이 제기하도록 만든
> 다.[15]

계시와도 같은 말이었다. 파농은 프랑스령 마르
티니크에서 태어나 프랑스 본국에서 정신의학을 배운
후 알제리 해방 투쟁에 몸을 던졌다. 또 한 사람의 디
아스포라의 강렬한 말이 동아시아의 디아스포라인 나
의 눈을 뜨게 했던 것이다.

'나는 누구인가'라는 물음에 내가 사로잡혀 있는
것은 '식민주의'의 '계통적인 부정' 때문이다. 그것은
나 개인에게만 일어나는 것이 아니라 우리들, 즉 식민
주의에 의해 디아스포라가 된 모두에게 일어나는 일
이다. 재일조선인은 세계적인 견지에서 볼 때 예외적

인 존재가 아니며 나는 혼자가 아닌 것이다. 비록 세계 여기저기에서 디아스포라로서 살고 있는 형제·자매들의 모습이 아직 내 눈에는 선명하게 보이지 않더라도.

그로부터 35년이라는 긴 시간이 지나고, 열여덟 살이던 나는 50대 중반이 되려 한다. 나는 아직 자신이 누구인가라는 물음에 대한 확고한 답을 얻지 못했지만 왜 그것을 계속 자문하는지에 대한 이유는 잘 알고 있다고 생각한다. 젊은 시절 파농으로부터 받은 일격 덕분이다.

시린 네샤트

제3회 광주비엔날레 대상은 시린 네샤트 Shirin Neshat의 작품이다. 지금은 세계적인 스타로 꼽히는 작가지만 내가 실제로 작품을 본 것은 이때가 처음이었다. 그녀의 작품 역시 아이덴티티라는 문제를 다뤘다.

초등학교 교실 정도 크기의 어두운 방에 들어가면 눈앞의 커다란 스크린에 검은 옷을 입은 열댓 명의 여자가 새된 목소리를 내고 있다. 뒤를 돌아보니 여자들이 비치는 큰 스크린과 마주 보는, 남자들만 비치는 또 하나의 스크린이 있다. 관객인 나는 그 양쪽을 동시에 시야에 담을 수는 없어 고개를 좌우로 바쁘게 움직여야 한다. 1999년 제작한 비디오 설치작품으로 타이틀은 〈환희〉Rapture다. 가나자와시민예술센터에서 열린 '시린 네샤트전' 카탈로그에는 다음과 같이 소개되었다.

두 개 중 하나의 스크린에서는 남성 군상이 견고한 요새 속에서 뚜렷이 정해진 목적 없이 지극히 질서 있는 행동을 취한다. 그들은 함께 이동해 둥글게 둘러앉는다. 맞은편 스크린에서 그 광경을 바라보는 여성 군중은 돌연 아랍 문화권 특유의 스타일로 축복이나 경고 때 쓰는 발성을 시작한다. 그리고 모니르 라바니프르가 1989년에 쓴 『알 이 가르크』라는 종말론적 소설에서 발췌한 문장을 현대 페르시아어로 옮겨 적은 손바닥을 일제히 펴 보인다. (…) 또 이번에는 남자들이 이와 같은 여자들의 행동을 지긋이 바라보고 있다. 여자들은 북소리가 리듬을 타며 울려 퍼지는 사막을 가로질러 드디어 바다에 다다른다. 거기서 배를 물가로 밀고 나아가 몇 명의 여자들이 앞바다로 저어간 뒤 그대로 수평선을 향한다.[16]

시린 네샤트는 1957년 이란에서 태어났다. 팔레비 Pahlevi 왕조가 붕괴하기 수년 전인 열여섯 살 때 미국으

2000년 제3회 광주비엔날레 대상 수상작
〈환희〉 연작 중 '무제' Untitled from Rapture series, 시린 네샤트, 1999.
ⓒ Shirin Neshat

로 이주했다. 1982년에 캘리포니아대학 버클리 캠퍼스에서 미술학 석사 학위를 취득했지만 그녀의 말에 따르면 본격적으로 작품을 발표한 것은 1990년, 12년 만에 이란에 돌아가 이란 혁명 이후의 사회 변화를 목격하는 '믿기 어려운 강렬한 경험'을 한 뒤다.

붉은 하이힐

1980년대 중반 나는 처음으로 캐나다에 가게 되었다. 온타리오주 서드베리라는 소도시의 시민 단체가 옥중에 있던 형들의 구원 활동을 꾸준히 지속하고 있었다. 연락해보니 토론토 옆인데 버스로 간단히 올 수 있으니 꼭 오라는 답신이 왔다. "당신은 토론토에서부터 여섯 시간 동안 아름다운 풍경을 즐길 수 있을 겁니다"라는 말이 덧붙여져 있었다.

　캐나다 입국은 관광이 목적인 일본인이라면 비자가 필요 없었다. 지금은 어떤지 모르지만 당시 한국 국적인 나는 비자를 취득해야만 했다. 예약이 완료된 왕복 항공권을 비롯한 여러 서류를 갖추어 캐나다 대사관에서 면접을 받아야만 했다.

　도쿄 아오야마에 있는 캐나다 대사관에서는 내가 머문 동안만 방글라데시 청년 두 명의 비자 발급이 거부되었고 이란인 가족 다섯 명이 발급을 보류당해 풀이 죽어 있었다. 가족에게 말을 걸어보니 이란에서 홍콩을 거쳐 도쿄까지 왔다고 했다. 친척이 있는 밴쿠버에 갈 계획이라고도 했다. 어떻게 쓰는지 가르쳐달라며 내민 신청 서류를 보니, '일본 내 주소'란에 "아라카와구 마치야 가와바타여관"이라고 적혀 있다. 가족 다섯 명이 서민 동네의 여인숙에서 몸을 맞대고 언제 발급될지 모르는 비자를 기다리고 있었던 것이다. 바로 현대 디아스포라의 모습이다.

막내딸로 보이는 열대여섯 살 소녀는 베일로 머리를 감싼 채 길고 검은 옷으로 몸을 감추고 있었다. 캐나다 대사관 영사부에는 현지 소식을 전하는 일본어 신문이 놓여 있었는데, "온타리오주는 여러분의 투자를 환영합니다"라는 기사 옆에 "당신에게 신주쿠구 가부키초*와 똑같은 밤을 약속합니다"라는 카피의 커다란 '안마 시술소' 광고가 실려 있었다. 그 광고가 내게는 소녀의 장래에 드리운 암운인 듯 여겨졌다. 그러나 대해를 떠온 작은 배가 가는 길에 무엇이 기다리고 있든 수평선 저편에서 육지의 그림자를 찾듯, 다섯 명의 가족은 조금이라도 나은 생활이 있을지 모르는 강기

*　도쿄 신주쿠구에 위치한 환락가로 아시아 여러 지역 출신의 여성들이 일하는 술집, 마사지 시술소, 카바레 등이 밀집해 있다.

늪을 향해 떠가는 것이다.

　일가가 캐나다 대사관을 나설 때 한순간 소녀의 검은 옷자락이 살짝 뒤집히며 붉은 하이힐이 엿보였다. 거품경제의 전성기, 들뜬 아오야마의 거리로 검은 옷의 소녀가 사라져갔다. 그것은 신기루였을까. 그때 그 소녀야말로 오늘의 시린 네샤트가 아닐까. 물론 실제로 있을 수 없는 일이지만, 나는 그런 망상을 품어본다.

　토론토에서 서드베리까지의 여행은 비가 내리는 바람에 아름다운 풍경을 즐길 수 없었다. 불안한 심경으로 시민 단체 사람들이 가르쳐준 깜깜한 거리의 버스 정류장에 내리니, 그 단체 회원 하나가 우산을 받치고 나를 기다리고 있었다.

　그녀의 집에서 한숨 돌리고 가족들, 또 고등학교에 다니는 아들의 여자친구를 소개받았다. 수줍음 많고 말이 없는 소녀였다. 그러나 내가 멀리 일본에서 온 한국 정치범의 가족이라는 말을 듣자 소녀의 표정이 약간 움직였다. 소녀는 칠레에서 망명한 가족의 딸이었다. 칠레가 피노체트Augusto Pinochet의 압정에 시달리고 캐나다가 칠레 망명자들을 다수 받아들이던 무렵이었다.

　'칠레'라는 단어의 울림은 나에게 특별한 감정을 불러일으킨다. 1973년 9월 11일 아우구스토 피노체트가 이끄는 반란군이 쿠데타를 일으켜 '사회주의로의

평화적 이행'을 실천하고 있던 인민연합 정부를 타도
했다. 아옌데Salvador Allende 대통령은 반란군에게 암살당
했다.

　　정권을 탈취한 군사평의회는 계엄령을 포고하고
인민연합파로 지목된 자들을 철저히 탄압하러 나섰다.
수도 산티아고의 종합운동장이 임시 정치범 수용소가
되었다. 저명한 가수 빅토르 하라Víctor Jara는 이 운동장
으로 연행되어 기타를 연주하지 못하도록 두 손을 두
드려 깨는 폭행을 당한 뒤 총살당했다.

　　쿠데타 1년 후까지 투옥되어 있던 사람의 수는 7만
명, 피노체트 군사정권하의 망명자는 100만 명 이상에
이른다고 전해진다. 어둠침침한 캐나다의 지방 도시에
서 만난 이 말이 없는 소녀는 그런 역사적 사연을 지닌
망명자 가족이었던 것이다.

　　당시 잡지《세카이》1973년 12월호에 게재된 후
지무라 신藤村信의 파리 통신은 칠레의 이런 고통스러
운 투쟁을 생생히 전하고 있었다. 그 기사에서 읽은 파
블로 네루다Pablo Neruda의 시구를 나는 아직 기억하고
있다.

　　우리는 안식 없는 바다
　　희망의 울타리
　　한순간의 그늘에 눈멀지 않고

그들이 피노체트의 시대를 살고 있을 때 나는 박
정희와 전두환의 시대를 살고 있었다. 저 암흑의 시대
에 그들을 격려한 시구는 나의 뇌리에 새겨져 지금까
지도 머물고 있다. 1989년 마침내 칠레는 17년 만에 민
정으로 복귀했고 해외 망명자들도 귀환하기 시작했다.

17년에 이르는 망명 생활은 사람들의 외면에도,
내면에도 되돌릴 수 없는 변형을 가했음에 틀림없다.
성장기, 사춘기를 망명지에서 살지 않을 수 없었던 아
이들이나 젊은이들에게는 더 말할 것도 없으리라. 그
소녀는 그 후 어떻게 되었을까? 칠레로 돌아갔을까?
아니면 캐나다에 그대로 살고 있을까?

넓은 바다로

'베일'은 오랫동안 모순된 의미를 지녀왔기 때
문에 역사적으로 보아 이란 사회의 매우 복잡
한 상징입니다. 정치권력이 여성들에게서 그것
을 강제로 벗겨냈던 시기(레자 샤Reza Shah의 시
대)가 있는가 하면, 이슬람 혁명 후에는 강압적
으로 다시 쓰라는 명령이 내려졌습니다. 내 작

광주 1990년 3월, 2000년 5월

품에 베일이 존재하는 것은 무엇보다 그것이 여성의 일상생활을 구성하는 현실이기 때문입니다. 베일은 이란 여성이 일상에서 기본적으로 착용해야 하는 물건이며, 따라서 아이덴티티에 필수적인 요소가 되었기 때문입니다. 요컨대 그것은 실제적이고, 감각적인 것이며, 정치적으로 복잡한 것이기도 합니다.[17]

베일에 관해 묻자 시린 네샤트는 이렇게 답했다. 그녀는 이란에서 종교·정치 체제에 의한 여성 억압을 비판한다. 고국인 이란에 출입국할 때, 언제나 두려움과 긴장을 느낀다고 말한다. 이 작품 자체가 이란에서는 촬영이 불가능해 모로코에서 작업한 것이기도 하다. 그러나 그녀는 자신의 작품이 일면적인 메시지로만 받아들여지는 것을 경계한다. 이 작품도 서구 중심적 보편주의 입장에서 여성 억압에 대한 항의만을 의도하는 것은 아닐 테다.

나는 이전에 다나카 가쓰히코의 논의를 빌려 디아스포라에게는 조국(선조의 출신국), 고국(자기가 태어난 나라), 모국(현재 '국민'으로 속해 있는 나라)이라는 삼자가 분열해 있으며 그와 같은 분열이야말로 디아스포라적 삶의 특징이라고 쓴 적이 있다.

다수자는 대부분 자신의 선조와 같은 나라에서

태어나 그 나라에 '국민'으로 속해 있다. 즉 조국·고국·모국 삼자가 일치하며 그것을 당연하다고 생각한다. 그러나 디아스포라는 그렇지 않다. 조국·고국·모국이 일치하지 않을 뿐만 아니라, 그 삼자의 지배적인 문화관이나 가치관이 서로 많이 다르고 자주 상극을 이룬다.

재일조선인들에게 선조의 출신지(조국)는 조선반도, 그것도 지금과 같이 분단되기 전의 조선반도다. 그러나 재일조선인 2세, 3세가 태어난 장소(고국)는 일본이다. 그들이 '국민'으로서 속해 있는 나라(모국)는 한국, 일본, 북한으로 나뉘며 그들 중 일부는 '조선적'이라는 사실상 무국적 상태에 놓여 있다. 그러나 그들의 고국인 일본은 과거 그들의 조국인 조선을 식민지로 지배했으며 지금도 그 사실을 진심으로 반성하지 않고 있다. 말하자면 조국·고국·모국의 삼자가 분열해 상극을 이루고 있는 것이다.

마찬가지로 이란계 미국인이라는 존재 상황 또한 조국·고국·모국이 상극을 이루는 하나의 사례일 것이다. 미국의 다수파 측에서 보면 이란은 반미 일변도의 '깡패국가'다. 그곳에선 '이슬람 원리주의'에 의한 인권탄압이 일상적으로 행해지고 있다. 이란의 다수파 쪽에서 보자면 미국은 세속적인 이익을 위해 세계 제패를 추구하는 타락한 '악마'의 나라다.

광주 1990년 3월, 2000년 5월

시린 네샤트는 그 가치관이 서로 극단적으로 대립하는 두 나라 중 하나를 조국 및 고국으로, 다른 하나를 모국으로 가지고 있는 것이다. 당연히 분열과 상극은 자아의 내면에까지 이르게 된다.

이란에서 태어나 미국에서 성장한 그녀는 자기 안의 '이란'에 안주할 수 없으며 그렇다고 '미국'과 동일시해 '이란'을 부정할 수도 없다. 그녀는 자신에게 침투한 서구 중심적 관점의 스테레오타입을 넘어서 이슬람 여성의 진정한 상을 재발견하고자 한다. 다시 말하면 그녀 자신이 태어나면서부터 속한 문화를 거슬러 나는 누구인가를 묻고, 자기 내부의 역사를 발견하고, 자기 아이덴티티를 자신의 손으로 구축하려는 행위이기도 하다.

시린 네샤트는 앞의 인터뷰에서 이렇게 말했다. "이슬람의 여성들은 오랜 세월 피억압자 내지는 희생자라는 틀 속에만 갇혀 표상되어왔지만, 나는 실은 그녀들이 무척 강하며, 상상을 초월한 억압적 상황에 처해 있으면서도 언제나 빠르게 다시 일어서는 탄성을 지녔다고 믿습니다. 그녀들은 남성들이나 서방 세계의 예상을 뒤엎는 특별한 방법으로 스스로를 해방시킬 수 있는 탁월한 능력을 감추고 있습니다."

돌로 된 성 안에 갇힌 남자들을 버리고, 여자들은 차도르를 두른 채 넓은 바다로 배를 저어간다. 그 배가 어떤 강기슭에 닿을지는 예측할 수 없다. 마주 보는 두 개의 대형 스크린과 흑백을 강조하는 색채의 효과 속에서 그 작품에 대한 내 인상은, 극단적일 정도의 콘트라스트라는 것이었다.

여성과 남성, 이슬람 세계와 서구 세계, 전근대와 근대, 모던과 포스트모던. 그녀의 작품은 극단적인 콘트라스트를 이루는 복수의 문화권 속에서 여러 갈래로 나뉜 디아스포라 여성의 아이덴티티를 여러 겹으로 묻고 있다. 거기에 단순한 대답은 없다. 그 많은 이야기를 단순한 대답 속에 무리하게 구겨 넣으려고 하는 것은 또 하나의 폭력이다.

침묵

광주비엔날레의 메인 전시장을 나오니 인접한 광주시립미술관에서는 '재일在日의 인권: 송영옥과 조양규, 그리고 그 밖의 재일 작가들'이라는 타이틀을 건 전시회(이하 '재일의 인권전'으로 줄임)가 열리고 있었다. 1945년 이후 재일조선인 미술가의 작품을 한국 최초로 집중 전시하는 시도다.

전시회를 보기 위해 긴 돌계단을 올라 미술관의 정면 현관으로 다가가니 넓은 앞뜰에 여러 개의 침목을 쌓아 올린 대형 입체 작품이 있었다. 구조가 크고 힘이 넘치는 작품이다. 안내판을 보니 작가 이름이 '다카야마 노보루'高山登라고 적혀 있다.

평소 일본의 현대미술에는 파워와 에너지가 너무 부족해 보였기에 그 점을 불만스러우면서도 불가해하다고 느껴온 나였다. 하지만 이 작품에서는 전혀 다른 인상을 받았다. 체격이 크고 힘이 넘친다. 그러면서도 어딘가 그리움이 묻어나기도 한다. 반시대적이라고 해도 좋다.

다카야마 노보루는 1960년대 중반부터 약 40년간, '침목'을 사용한 작품을 일관해서 제작해왔다. 스무 살 되던 해 여름, 도쿄예술대학 학생이었던 그는 탄광노동조합의 소개장을 들고 홋카이도의 탄광을 도는 여행을 시작했다. 다음은 그의 에세이에서 인용한 문구다.

> 헤드라이트가 비추는 광부의 새까만 얼굴, 거대한 기계가 광맥을 물어뜯듯 석탄을 삼키고 갱도의 기둥을 만들어가는 대규모 해저 탄광 (…) 그리고 운반용 철도 선로 아래 깔린 '침목'에 눈이 갔다. 이 침목이 지하 세계로부터 지상 세계까지 종횡으로 깔려 있다는 사실에. 이 암흑의 세계, 시커먼 침목은, 나를 각성시키기에 충분하고도 남음이 있었다. 근대화란, 국

폭력의 기억

〈대지의 노래〉大地の歌, 다카야마 노보루, 2002
© Takayama Noboru

가란, 물질과 인간의 관계란, 아시아란, 민족이
란, 전쟁이란…… 머릿속에 꼬리에 꼬리를 물
며 이런 말들이 떠오르고 내 피가 아우성치기
시작했다.[18]

광주시립미술관 앞뜰에서 다카야마 노보루의 작
품과 처음 만났을 때 나는 이름을 보고 그가 일본인 작
가일 거라고 속단해버렸다. 동시대 일본에 아직 이런
작가가 있구나 감탄했다. 그가 나와 같은 조선 민족의
계보를 지닌 사람이리라고는 꿈에도 생각지 못했다.
그의 아버지가 식민지 조선에서 일본으로 건너온 야
금 기술자였다는 걸 나중에 작가 자신에게서 직접 들
었다.

'침목'이라는 소재에 대한 독특한 집착과 강제 연
행·강제 노동을 연상시키는 작풍을 그의 민족적 태생
과 성급히 연결 짓는 것은 잘못일 수 있다. 그러나 예
술이 인간의 행위인 이상, 작품을 작가의 출신과 완전
히 무관하다고 말할 수도 없다.

내 입장에서 보면 다카야마 노보루도 코리안 디
아스포라의 한 사람이다. 그러나 그의 작품은 광주시
립미술관에서 개최한 '재일의 인권전' 내부가 아닌 외
부에 전시되어 있었다. 내게는 그 광경이 매우 상징적
으로 비친다. 다카야마 노보루는 일본 미술사에서 '모

노파'*의 일원으로 꼽히며 한국에서도 '일본 작가'로 취급된다. 미술사나 미술비평의 담론 역시 '민족'이나 '국가'라는 관념적 틀을 만드는 데 크게 기여하고 있는 것이다. 그리고 단순화된 그 틀에 담기지 않는 존재는 본인의 의사와 무관하게 억지스럽게 정의되거나 혹은 내쳐지고 만다.

맨홀

'재일의 인권전'에는 스물세 명의 작품이 전시되어 있었다. 재일조선인 실업가인 하정웅이 기증한 컬렉션이 중심을 이루었다. 조양규, 이우환, 곽덕준 등 잘 아는 이름도 있었다.

조양규는 내가 좋아하는 화가다. 1980년 중반 어느 날 나는 처음으로 센다이를 방문했다. 형들이 옥중에 있던 그 시절, 나는 가끔 강연을 의뢰받아 지방을

---

* 1960년대 일본에서 나타난 미술 경향. 전후 일본 미술의 가장 중요한 경향 중 하나이며 1980년대까지도 영향력이 지속되었다. 모노란 '물'物, 즉 물체라는 뜻이다. 모노파는 나무·돌·점토·철판·종이 등의 소재에 거의 손을 대지 않고, 있는 그대로의 상태를 직접 제시했다. 그럼으로써 물체에 근본적인 존재성을 부여하고 나아가 물체와 물체, 물체와 공간, 물체와 인간 사이의 관계 등을 파악하려 했다. 이우환은 하이데거의 존재론을 토대로 모노파에 최초로 이론적인 틀을 세운 작가다.

광주 1990년 3월, 2000년 5월

찾았다. 어두운 심정으로, 무거운 테마에 대해 이야기할 수밖에 없었다. 청중은 내 말에서 뭔가 희망의 조짐을 찾고 싶어 했지만, 당시 나에게 희망 비슷한 것은 전혀 보이지 않았다. 늘 최악의 사태를 마음속에 그린 채, 가장 무참한 상황에 대처할 자세를 취하고 있었다. 그런 나에게 강연은 고역이었다. 그래서 언제부턴가 그 고역을 치르러 가는 고장에서 강연을 앞둔 빈 시간에 미술관을 찾아 혼자 마음을 가라앉히는 게 습관이 되었다.

센다이에서는 미야기미술관을 찾았다. 거기서 처음으로 조양규의 〈맨홀 B〉를 보았다. 인물도 하늘도 없다. 이 화가는 왜 지면과 맨홀만을 그린 것일까. 꿈틀거리는 호스는 화가 자신의 몸부림일까. 화가가 그린 어두운 구멍을 계속 들여다보는데 조금도 질리지가 않았다.

조양규는 1926년 일제 식민 치하의 조선 경상남도 진주에서 태어났다. 1945년 해방 직후, 한반도가 미국과 소련에 의해 분할·점령당하고, 마침내 남쪽에 친미·반공 정권을 수립하기 위해 단독선거가 강행되자 그는 저항운동에 가담했다. 그러나 1948년 대한민국이 수립되고 초대 대통령으로 선임된 이승만은 좌익운동과 통일운동에 가혹한 탄압을 가했다. 결국 조양규는 일본으로 밀항해 도쿄 에다가와의 재일조선인

〈밀폐된 창고〉, 조양규, 1957, 도쿄, 도쿄국립근대미술관

〈맨홀 B〉, 조양규, 1958, 미야기, 미야기미술관

밀집 지역에 정착했다. 이듬해에는 무사시노미술대학에 입학해 미술을 배웠다. 재일조선인 조직에서 기관지의 표지나 삽화를 그렸고, 그 후 일본 미술계에서도 실력을 인정받았다. '재일의 인권전'에 출품한 〈밀폐된 창고〉나 〈맨홀 B〉는 그의 대표작이다. 1959년부터 재일조선인의 귀국 운동이 시작되어 조양규도 1961년 북조선으로 귀국했다.

그는 왜 귀국했는가. 그가 사회주의 이념을 믿어 조국 통일을 위해 싸워온 인물이라는 점을 첫째 이유로 들어야 할 것이다. 그가 일본으로 망명하기 전부터 지속해온 투쟁을 완성시킬 장소는 북조선 이외에는 없었던 것이다. 또 1950년대 후반 당시 재일조선인의 비참한 생활상도 빠뜨릴 수 없다. 일본 정부는 재일조선인의 일본 국적을 일방적으로 부정하고 이들을 일률적으로 '외국인'으로 분류해 사회보장 정책의 대상에서도 제외해버렸다.

당시 재일조선인의 실업률은 60퍼센트가 넘었다고 한다. 일본과 북조선 양국의 적십자 협정에 근거해 1959년 재일조선인의 북조선 '귀국 사업'이 시작되었는데, 이때 일본 정부가 저지른 짓은 '인도주의'로 위장한 사실상의 추방 정책이었다는 것이 최근 연구에서 밝혀졌다.[19]

그러나 앞에 든 이유 외에 조양규의 북조선 귀환

에는 그 자신만의 동기가 있었던 듯하다. 평소 그와 친분이 두터웠던 미술평론가 하리우 이치로針生一郞에게 남긴 다음과 같은 말에서 그의 생각을 엿볼 수 있다.

"재일 생활이 길어져 조선의 풍경도, 조선인의 풍모와 거동도 기억과 상상을 통해서밖에 알 수가 없는 게 내게는 답답한 일이다. 북조선에서는 도구도 표현도 일본보다 자유롭지 못하리라는 것은 알지만 그래도 공중에 매달린 듯 어중간한 지금의 상태를 벗어나 조국의 현실 속에서 싸우고 싶다."

조양규는 북조선을 '지상의 낙원'이라 생각하지는 않았다. 그곳이 '자유롭지 못하다'는 사실을 알고 있었다. 그러나 일본에서 살아가는 것은 그에게 '공중에 매달린 상태'일 뿐이었다. 예술가로서 무엇보다 중요한, 진정한 인간적 삶을 찾아 그는 도약했던 것이다.

북조선으로 귀국한 후 1년 반쯤 지났을 무렵, 조양규는 단 한 번 하리우 이치로에게 근황을 전하는 편지를 보내왔다. 그 이후는 소식 불명인 채 지금에 이른다.[20]

재일의 인권전

나로서는 이 '재일의 인권전'에서 처음으로 알게 된 작가가 많았다. 그 가운데에는 재일본조선인총연맹(이하 '조총련'으로 줄임) 조직에 관계하고 있거나, '조선적' 소지자인 이른바 '조총련계' 작가가 적지 않았다. 조총련계 작가의 작품 대부분이 나에게 낯설었다.

나 자신이 조총련계 조직이나 커뮤니티와 관계가 희박했기 때문이다. 내가 '한국 국적'을 가진 재일본대한민국거류민단(이하 '민단'으로 줄임)계의 재일조선인이며, 더욱이 그 안에서도 오랫동안 정치범이라는 반국가 분자의 가족으로 고립된 채 지내왔기 때문이기도 하다.

조총련계 작가의 작품을 돌아보면서, 나는 기묘한 감정에 사로잡혔다. 무엇보다 우선 한국 땅에서 이런 전시가 가능해졌다는 것에 대한 감개. 이 전시를 내가 보고 있다는 사실이 지니는 비현실감이라고나 할

〈고문〉, 홍성담, 1994

광주 1990년 3월, 2000년 5월

까. 그러나 이런 귀중한 기회가 마침내 가능해졌다는
데 오히려 석연치 않은 일종의 거리감을 느끼고 생각
에 잠겨 있는 나 자신이 놀랍게 느껴지기도 했다. 솔직
히 말하자면 조양규를 비롯한 몇 사람을 제외하고는
전시된 작품 자체에서 받는 감흥이 의외로 적었던 것
이다.

'재일의 인권전' 기획은 당시 이 미술관 학예연구
원이던 김선희 씨의 각고의 노력 덕분에 실현되었다.
남북이 날카롭게 대치했던 군사정권 시대에는 상상도
못 했던 일이다. 한국에서는 지금도 '국가보안법'이 북
한 정부나 조선로동당을 '반국가단체'로 규정하고 있
으며 조총련도 거기에 포함된다. 군사독재 체제가 종
식된 것으로 간주되고 민주화를 표방하며 대통령에
취임한 노태우 정권 말기에조차 신학철이나 홍성담과
같은 한국의 민중화가들은 국가보안법에 의해 탄압을
받았다. 홍성담은 그때 수사기관에서 20여 일 동안 물
고문을 받아, 훗날 그 경험을 작품화하기도 했다.

이런 일들이 있은 지 불과 10년 만에 한국이라는
곳에서 조총련계 작가를 포함한 재일조선인 작가의
대규모 전시를 한다는 것은 쉬운 일이 아니었을 터다.
1990년대 한국 사회가 급속한 변화를 겪었기에, 또 광
주라는 특별한 공간이었기에 가능했다고 할 수 있다.

그러나 곤란은 정치적인 측면에만 있었던 것은 아

니다. 김선희 씨는 전시 도록에서 이 기획은 "재일한국인의 유민사流民史를 반영"하고 있으며 "대두하고 있는 재일한국인의 아이덴티티 문제를 그들의 미술을 통해 검색해보고자 하는 것"이라고 썼다(여기서 '재일한국인'이란 용어는 '재일조선인'이라고 하는 것이 정확하다).

이 기획은 한국에서 통용되고 있는 재일조선인관에 대한 도전인 동시에, 남북분단을 전제로 한 국민관과 단일 언어, 단일 문화, 나아가 단일 혈통이라는 관념을 전제로 하는 폐쇄적인 민족관에 대한 도전이기도 하다. 냉전시대 무의식 속에서 자라온 이런 국민관은 미술 관계자를 포함한 한국 국민의 몸과 마음에 여전히 깊이 침투해 있던 것이 사실이다.

유감스럽게도 이 의욕적인 물음은 적어도 그 시점에는 진지하게 받아들여지지 않았던 것 같다. 들리는 바에 따르면 이 기획은 한국의 일반 미디어는 물론 미술계에서도 별반 깊은 논의를 불러일으키지 못했다고 한다. 또 하나의 난점은 '재일조선인 미술가'란 누구를 가리키는가 하는, 보다 근본적인 문제와 관련된다.

전시회 출품작은 크게 1세와 2세 이하 세대의 작품으로 나뉜다. 특히 조총련계 작가들이 많은 것은 민족학교의 운영 등 조선 민족의 역사·문화·언어를 지키는 활동을 중심적으로 해온 것이 조총련이기 때문이다. 현재 재일조선인 가운데 일상생활에서 본명을

광주 1990년 3월, 2000년 5월

쓰고 있는 사람은 20퍼센트 미만이라고 하는데 그 대부분이 조총련계다. 당연히 스스로 출신 민족을 밝히는 아티스트도 조총련계에 많다. 그 외에는 대부분이 일본 이름으로 활동해 '일본인 화가'로 취급되고 그 작품도 의문의 여지 없이 '일본 미술'의 틀 안에 자리매김된다. 내 눈에는 이 역시 식민주의적 착취의 한 형태로 비친다.

곧 이 기획에서는 재일조선인 중에서 쉽게 눈에 띄는 부분의 작품이 전시되었던 것이다. 다른 부분은 아직 어두움의 저편에 있어 잘 보이지 않는다. 그러나 보이는 부분만을 보고 재일조선인 전체를 봤다고 할 수는 없다. '나는 재일조선인'이라고 나서는 사람만이 재일조선인인 것은 아니다. 오히려 이름을 말하지 못하고, 늘 자신은 누구인가 자문하는 존재가 재일조선인이다. 재일조선인이 자기 이름을 말하는 것을 어렵게 하고 그들을 눈에 보이지 않는 존재로 만드는 온갖 식민주의적 관계를 고려하면 이 잘 보이지 않는 부분을 포함한 전체야말로 재일조선인임은 말할 나위도 없다.

그러나 보이지 않는 사람이 재일조선인이라면 어떻게 그들을 보라는 건가. 이것이 미술전이 직면한 난관이었다. 그것이 내게는 재일조선인이라는 존재 그 자체가 직면하고 있는 어려운 문제를 상징하는 듯 여겨진다.

활자구

'재일의 인권전'에서 처음으로 알게 된 작가 중 한 사람이 문승근이다. 전시된 작품은 〈활자구〉. 말 그대로 표면이 활자로 뒤덮인 야구공 크기의 금속구다. 재미있다고 생각했다. 그때는 그 이상의 감흥은 없었다.

　일본에 돌아와 도쿄의 모리미술관으로 온 김선희 씨를 알게 되었고 그녀가 남다른 감회를 가지고 문승근의 작품을 전시했다는 것을 알았다. 그 후 작가의 약력을 좀 더 소상히 알게 되자 그에 대한 관심이 커져갔다.

　하정웅 씨의 회상을 빌려 문승근의 삶의 궤적을 더듬어보자. 그는 1947년 이시카와현 고마쓰시에서 태어난 재일조선인 2세다. 그가 네 살인가 다섯 살 때 일가는 교토시의 후다노쓰지로 이사했다. 그 무렵 아버지는 직물 등을 판매하러 도쿄 쪽의 하치오지나 사가미하라 등을 전전했고 어머니는 방적공장에서 일했다. 어린 문승근도 두부를 팔러 다녔다고 한다. 초등학교 5학년경부터 아버지 사업이 풀리기 시작했는데 초등학교 6학년 때 신장의 병이 발견됐다. 이력에는 1961년 '요로결석으로 인한 좌신장 제거술'에서 시작

광주 1990년 3월, 2000년 5월

해 1982년 '담낭암에 의한 전신 쇠약으로 영면'이라는 한 줄로 맺어지기까지 병력과 수술의 기나긴 기록이 이어진다. 향년 35세였다.

문승근이 초등학교를 졸업하며 동시에 일가는 오사카로 이사했다. 아마도 병약했기 때문이리라. 그는 오사카 부립 덴노지고등학교를 2학년 때 중퇴했다. 그 후 오사카시립미술관 부속 미술연구소에서 데생 등을 배웠다. 열아홉 살 때 다시 교토로 돌아와 적십자병원에 입원했고, 그 뒤에는 신장 투석을 계속하며 입·퇴원을 반복했다.

"교토시에서 친척이 경영하는 나이트클럽 '교차점'에서 벽화를 그렸다"라거나, "니시오지쿠조에 있는 자택 1층을 아틀리에로 겸해 쓰고 있었다"라는 하정웅의 기술은 특히 나의 마음을 사로잡는다. '교차점'이라는 이름은 경기가 좋았던 시절 우리 아버지가 밤에 놀러 다니시던 가게 중 하나로 들은 기억이 있다. 후다노쓰지나 니시오지쿠조 같은 지명은 내 소년 시절의 구체적인 기억과 연결된다. 적십자병원에는 나와 내 소중한 사람들도 신세를 졌다.

나는 1951년생으로 문승근과 거의 같은 세대다. 같은 시대 같은 교토 거리에서 나와 같은 재일조선인인 문승근이라는 젊은이가, 병마와 싸우며 예술을 향한 험난한 길을 기어가듯 나아가고 있었던 것이다. 그러나 그때 그가 쓰던 이름은 '후지노 노보루'藤野登였다. 우리는 만나지 못했고 설령 만났다 해도 재일조선인 2세 특유의, 갈라진 유리잔 거스러미같이 거친 자의식으로 가득 차 있던 두 사람이 친해지는 일은 아마 없었을 것이다.

1968년 21세의 문승근은 '구타이具体 미술전'에 출품했고, '후지노 노보루전'을 열었다. 대단히 촉망받고 있었음을 알 수 있다. 이듬해에는 '국제 청년 미술가전'에서 미술출판상을 수상했다. 그때 대상을 수상한 작가가 이우환이었다.

이우환의 글 가운데 「후지노에서 문승근으로」라는 회상문이 있다.

장대비가 내리는 심야에 문을 두드리는 사람이 있어 문을 열어보니 흠뻑 젖은 남자가 "후지노라고 합니다만 말씀드릴 게 있어 찾아뵈었습니다"라고 하는 것이었다. 교토에서 상경했다고 했다. 가까운 심야 찻집에서 이야기를 들었다. 내용인즉, 자기는 실은 일본인이 아니라 한국인 2세라는 것이었다. 그래서 일본인으로 행세해왔는데 도저히 견딜 수가 없어졌다, 그렇다고 한국인이라고 밝힐 용기는 없다, 어떻게 해야 좋을지 몰라 (종교 법인) 소카갓카이創價學

광주 1990년 3월, 2000년 5월

會에 들어가 종교에서 구원을 찾기도 했고 귀화
도 생각했지만 심정적으로 결론이 나오지 않아
괴로워하다가 나한테 상담을 바라고 찾아왔다
는 것이었다.[21]

1969년의 일이다. 당시 나는 도쿄의 사립대학에서
첫해를 보내고 있었다. 김희로가 시즈오카현 시미즈시
에서 폭력 조직원을 죽이고 스마타쿄의 온천 여관에서
농성을 한 것이 1968년 2월. 야마무라 마사아키山村政明
(본명 양정명)가 와세다대학 문학부 앞의 아나하치만
신사에서 분신한 것이 1970년 10월. 1967년과 1968년
에 모국 유학의 길을 택한 나의 두 형이 한국에서 정치
범으로 체포된 것이 1971년 4월이다.

그 시절 내 주변에는 문승근처럼 고뇌하는 사람
이 적지 않았다. 우리 세대 재일조선인에게 공통된 것
이었다. 나는 종교에서 구원을 찾거나 귀화를 생각한
적은 없다. 그러나 그것은 내가 강했기 때문이 아니라,
여러 의미에서 혜택받았기 때문일 뿐이다. 지금은 그
사실을 알고 있다.

'후지노 노보루'라는 일본 이름으로 미술계에서
인정받은 그가 어지간히도 복잡한 마음에 면식도 없
다시피 한 이우환에게 고뇌를 털어놓았던 것이다. 그
러나 이우환의 태도는 모질었다.

폭력의 기억

왜 그랬는지 한마디도 따뜻한 말을 걸 수 없어, 입에서는 비정하기 짝이 없는 말만 튀어나왔다. 그 정도 괴로움이나 고민 따위엔 흥미도 없고, 듣고 이야기를 해줄 여유도 없다, 조선인이건 일본인이건 알 바 아니지만, 자기 이름 하나 밝히지 못하는 인간이 진정한 예술 작품을 만들 수 있을 거라고는 생각하지 않는다.[22]

이 술회에 이어 이우환은, 그런 말과는 정반대로 자기도 가슴이 찢어지는 심정이었고 끌어안고 같이 울부짖고 싶은 기분이었다고 쓰고 있다. 다음 날 오후 이우환이 자신의 개인전 전시장에 가보니, 입구의 방명록에 '후지노 노보루'가 아닌 '문승근'이라는 그의 본명이 적혀 있었다고 한다.

그 후 1970년대 중반경부터 문승근은 본명으로 작품을 발표하기 시작했다. 이우환의 질타는 가혹했지만, 결과적으로는 문승근에게 귀중한 것이었으리라. 이우환이 그에게 품은 동정의 마음도 진실했으리라 믿는다. 그러나 이우환이 그의 고뇌를 얼마만큼 이해하고 있었는가 하는 점에 대해서는 결론을 보류하고 싶다. 그리고 그 양자의 차이야말로 지켜보아야 한다고 생각한다.

광주 1990년 3월, 2000년 5월

이우환은 1936년 경상남도 함안에서 태어났다. 대대로 책을 읽는 집안이었던 듯, 아이들은 서너 살 때부터 고전적인 한시와 서화를 배웠다고 한다. 그중 이우환은 재일조선인인 숙부의 도움을 받아 1959년 일본으로 건너와 니혼대학 철학과를 다녔다. 이후 모노파의 중핵을 차지하는 작가로 인정받아 1970년대부터는 세계적으로 활약하게 되었다. 지금은 백남준과 함께 한국 미술계의 큰 별이며 국제적인 스타다.

나는 2003년 서울에서 열린 그의 전시회를 보았는데 거기에는 그가 애장해 영감의 원천으로 삼아온 여러 예술품도 자료로 전시되어 있었다. 그 진열대의 맨 끝자락에서 전형적인 조선시대의 문인화를 보았을 때 '아, 이것이야말로 내게 없는 것이다'라고 느꼈다. 그것은, 이우환에게는 있고 나나 문승근에게는 없는 것이다.

이우환은 조선어가 모어이며 '조선 문화'에 대한 소양도 풍부한 1세다. 일본에서 태어나 일본어가 모어이며 '조선 문화'에 대해 기본적인 소양조차 없을 뿐 아니라 그것을 바라지도 않고 '일본 문화'에 젖어버린 것이 나나 문승근과 같은 재일조선인 2세다.

문승근의 고뇌가 일본 사회로부터 강요된 근거 없는 열등감 때문이었음은 틀림없지만, 예술가로서의 고뇌는 그 수위에 머무는 것이 아니었으리라. 그것은 '문

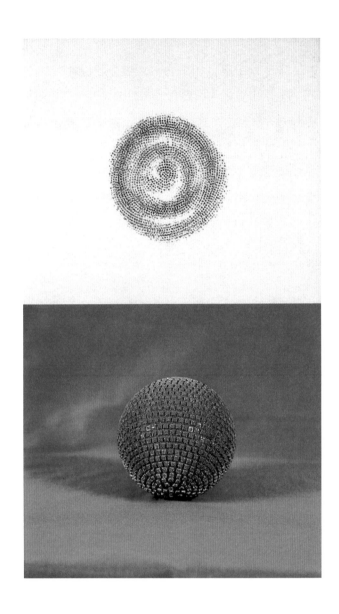

〈활자구〉, 문승근, 1974, 광주, 광주시립미술관

화'를 빼앗긴 자가 바로 그 지점에서 문화 창조에 참여한다는 일에 따르는, 더욱 깊은 고뇌가 아니었을까. 이우환은 이 점을 통찰하고 있었을까.

안타까운 건 문승근 스스로도 자기 고뇌의 소재를 뚜렷하게 자각하지 못했다는 것, 그리하여 장대비 내리는 심야에 예고도 없이 남의 집 문을 두드리는 돌출 행동 외에 달리 그 고뇌를 표현할 방법을 알지 못했다는 것이다.

〈활자구〉는 1974년 작품이다. 생전의 문승근은 이 작품에 대해 다음과 같은 말을 남겼다.

> 나는 문필가는 아닙니다만, 활자에 강한 애착을 가지고 있어 활자를 가지고 정보사회라는 것을 총괄해보고 싶다고 생각했습니다. 구체에 박아 넣은 활자는 7,600자 정도입니다. (…) 오브제로서 작품을 발표하고 나서 1년 후 구체에 박아 넣은 활자에 잉크를 칠해 종이 위에 굴리고 그 궤적을 작품으로 만들었습니다. 구체가 종이 위를 구를 때마다 활자의 궤적이 달라져, 약간 힘을 주기만 해도 계속해서 정보를 만들어내는 것입니다. 궤적이 끊임없이 겹쳐져 마지막에는 새까맣게 되어버리지요.

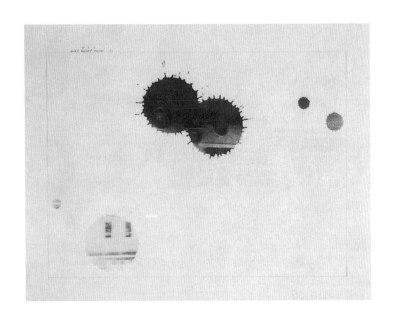

〈무제〉, 문승근, 1977, 광주, 광주시립미술관

2004년 9월 나는 또 광주를 찾았다. 몸이 나빠져 열이 나는 바람에 숙소에서 사흘간 앓아누운 후였지만, '무슨 일이 있어도 이것만은……' 하며 광주시립미술관으로 향했다. '문승근전'을 보기 위해서였다.

〈활자구〉와 그것이 종이에 남긴 궤적도 전시되어 있었다. 작은 금속구 표면에 단 한 치의 흔들림도 없이 정연하게 활자를 심어가는 작업. 경탄할 인내력과 집중력으로 완성된 그 작은 물체에는 뿌리도 없고 토대도 없다. 외적인 힘에 의해 마음대로 굴려지는 존재. 구르면서 흔적을 남기는 존재. 그것은 디아스포라적 삶을 암시하는 은유인가.

유리 케이스 속에 안치된 금속구는 마치 문승근의 뼈를 담은 유골함처럼 보였다. 〈무제〉라는 일련의 작품은 첫눈에는 서예의 먹 자국처럼 보이지만, 잘 보면 어렴풋이 거리의 풍경이 떠오른다. 일상의 풍경을 흑백사진으로 찍은 뒤 아직 현상하지 않은 감광지 위를 현상액에 담근 굵은 붓으로 살짝 씻는 기법으로 제작한 것이다.

그 일상의 풍경은 자세히 들여다보면 나도 본 기억이 있는 교토시의 번화가다. 버스 같은 것도 보인다. 그러나 그냥 보면 어디인지, 언제인지도 잘 모르겠다. 그것이 그의 눈에 보였던 풍경이었을까. 모든 것이 소원하고 아름답다. 참 지적이고 단정하다. 그것이 예쁘면서도 슬프다.

왜 그토록 고뇌로 몸부림치던 인간이 이렇게 정돈된 표현을 하는가. 왜 좀 더 끈질기게, 거친 몸짓으로 자기 고뇌를 분출하지 않는가. 실은 그 심정은 그대로 내가 재일조선인이라는 존재 일반에 대해 안고 있는, 애착과 안타까움이 뒤섞인 감정이기도 하다.

광주 1990년 3월, 2000년 5월

III

거대한 일그러짐

카셀 2002년 8월

아웃 오브 블루

기분 나쁜 땀이 가슴을 타고 흐른다. 냉방이 제대로 작동하지 않는 것이다. 무엇보다 사람이 너무 많은 데다 전시 작품의 수도 엄청나다. 죽 늘어선 크고 작은 상영 부스를 차례로 기웃거리면서 걷는다. 한 작품에 평균 5~6분 정도일까. 직감에 별로라고 생각되면 1분 만에 나와버리는 작품도 있다. 재미있는지 아닌지의 감각은 점차 마비되어 마치 등산이나 장거리 경주라도 하듯 어떻게 해서든지 목적을 달성하겠다는 일념만이 남는다.

이렇게 되면 고역인데⋯⋯. 그런 생각이 들기 시작할 무렵 한 부스에서 못에 박힌 듯 걸음이 멎었다. 스크린에 빨려들어 의자에서 일어날 수조차 없었다. 처절할 정도로 아름답다. 게다가 꺼림칙하고 불길한 기운이 가득하다.

어딘가 열대의 나라 같다. 황폐한 막사의 방. 바닥에는 옷이며 식기가 널려 있다. 바로 조금 전까지 병사들이 누워 뒹굴고 있었던 것 같은 잠자리. 병사들의 체액이 스며 있고 체취가 감도는 듯한⋯⋯. 구치소일까? 비가 온다. 아무도 없다. 젖은 안마당. 습도가 너무 높은 탓에 담장도 벽도 바닥도 축축이 젖어 있다. 그곳에 던져지면 비인지, 습기인지, 땀인지 모르는 것에 몸이

⟨아웃 오브 블루⟩의 한 장면, 자리나 빔지, 2002
© Zarina Bhimji

언제나 젖어 있겠지. 기온은 낮지 않은데 오싹오싹 한 기가 들겠지.

콜로니얼양식의 건물. 호화로운 저택이다. 그러나 아무도 살고 있지 않다. 정적에 싸여 아무 소리도 나지 않는다. 유리창이 깨져 창틀만 남은 창들. 벽에 무수히 난 작은 구멍들은 탄흔일까. 탄흔투성이 벽에 알파벳 문자가 늘어서 있다. 'ENTEBEE'라고 읽힌다. 그제서야 비로소 이해가 된다. 이것은 엔테베 공항의 관제탑이다. 그렇다면, 여기는 우간다인 것이다. 섬뜩하리만치 푸르른 하늘을 배경으로 폐허가 된 관제탑이 완벽한 대칭을 이루며 서 있다.

적토의 활주로에 구식 여객기가 한 대. 카메라는 그 여객기를 타고 이윽고 엔테베 공항을 떠난다. 멀어지는 풍경. 우간다의 붉은 흙과 푸른 숲이 멀어져간다. 15분 남짓한 상영 시간 내내 화면에 사람은 단 한 명도 등장하지 않는다. 정적과 부재. 훅 하니 끼쳐오는 폭력의 기척.

상영 부스를 나와 패널을 본다. 작품명은 〈아웃 오브 블루〉, 작가명은 자리나 빔지Zarina Bhimji, 1963년 우간다 음바라라 태생, 런던 거주라고 쓰여 있다. 정신을 차리고 보니, 목이며 가슴 언저리가 땀범벅이다. 2002년 8월. '도쿠멘타 11'에서의 경험이다.

도쿠멘타

'도쿠멘타'Documenta는 독일 중부, 인구 20만의 도시 카셀에서 5년에 한 번씩 열리는 현대미술 국제전이다. 1955년 열린 1회 도쿠멘타는 나치 제3제국의 예술적 공백을 메우기 위한 것으로, 나치가 압박하고 추방했던 큐비즘, 표현주의, 신즉물주의, 초현실주의, 앵포르멜Informel 경향의 작품이 다수 전시되었다. 그 후 회를 거듭해 2002년이 열한 번째다.

내가 '도쿠멘타'를 보는 것은 1997년에 이어 두 번째다. 1997년에는 카트린 다비드Catherine David라는 프랑스인이 예술 총감독이었다. 이번 감독은 38세의 오쿠이 엔웨이저Okwui Enwezor라는 뉴욕 거주 나이지리아인이다. 도쿠멘타 사상 첫 비유럽인 총감독이다.

엔웨이저는 이번 '도쿠멘타 11' 전체를 다섯 차례

오쿠이 엔웨이저

카셀 2002년 8월

에 걸친 연속 이벤트 형식으로 구성했다. 각각의 이벤트는 '플랫폼'이라고 이름 붙였다. 2001년 3월 빈을 출발해 베를린, 뉴델리, 세인트루시아, 라고스에서의 패널 디스커션을 거쳐 마지막으로 도착한 다섯 번째 플랫폼이 카셀의 전시가 되는 것이다.

이런 기획은 "오늘날 동시대 예술 담론에 긴요한 논의의 공간을 확장하려는 명확한 의도"를 따른 것이라고 한다. 여기서 총감독 엔웨이저의 의도가 유럽이라는 장場을 상대화하면서, 포스트 식민주의 관점에서 세계를 비판적으로 바라보는 것임을 미루어볼 수 있으리라. 지난번 '도쿠멘타 10'이 다소 기대에 못 미쳤던 터라, 이번에는 한껏 부푼 마음으로 카셀에 도착했다. 2002년 8월 15일이다.

시내 중심부에 있는 프리데리치아눔Fridericianum 미

'도쿠멘타 11'이 열린 미술관 내부

거대한 일그러짐

술관이 제1회장. 미술관 앞 광장에는 티켓이며 카탈로그를 파는 가건물이 들어서 있었으며 천막을 친 노천 카페도 성업 중이었다. 전 세계라고까지 할 순 없지만 전 유럽에서 피부색도 나이도 다양한 사람들이 이 염천하의 광장에 모여든다. 티셔츠, 숏 팬츠 차림이 많지만 베일로 머리를 가린 무슬림 여성도 드물지 않다. 현대미술 감상이라고 해도 어깨에 힘이 들어간 분위기는 전혀 없고 5년에 한 번 있는 축제를 즐기려는 편안한 풍경이다.

관람 티켓은 하루 티켓, 이틀 티켓, 100일 티켓 세 종류인데 나처럼 멀리서 온 여행자에게는 100일씩이나 머물 시간이 없으니 이틀 티켓을 산다. 그러고 나면 가난뱅이 근성이랄까, 그런 게 솟아나 이틀 안에 전부 봐야 한다는 강박관념에 시달리며 줄지어 늘어선 부스들을 차례차례 바쁘게 돌아다니게 되는 것이다.

전시 규모는 해마다 거대해져 이번에는 시내 주요 전시장 네 곳 외에 외곽에 자리한 옛 맥주 양조장까지 포함되어 있었다. 이 전부를 이틀 안에 보는 것은 애당초 무리다.

그러나 무턱대고 서둘러 돌며 빠짐없이 보는 것도 꼭 무의미하다고 할 수만은 없다. 어리석어 보이기까지 하는 그 수고 덕분에 만날 수 있는 작품이 있다. 그리고 정말로 범상치 않은 작품은 이쪽이 아무리 지쳐 있어

카셀 2002년 8월

도 믿을 수 없는 힘으로 보는 사람을 끌어당기는 법이다. 자리나 빔지의 〈아웃 오브 블루〉가 바로 그랬다.

싫은 느낌

이 글을 읽는 독자들 가운데 구치소나 형무소에 들어가본 이들은 몇이나 될까? 용의자나 수형자로서가 아니더라도, 면회나 차입을 위해 아주 잠깐이라도 들어가본 적이 있는 이는? 그런 사람이라면, 그 말로 표현할 수 없는 싫은 느낌을 얼마쯤은 알 수 있을 것이다.

　나는 1988년부터 1990년대 초엽에 걸쳐 대전교도소에 몇 차례 드나든 적이 있다. 정치범으로 투옥 중이던 두 형 중 서준식은 1988년 5월에 출옥했고 서승에게도 그 무렵 겨우 석방의 조짐이 보이기 시작해 나는 출소에 따르는 여러 잡무를 위해 일본과 대전을 오가던 차였다.

　통상적인 면회는 접견실에서 이뤄진다. 교도소 구내에 들어가 한참을 걸어 접견 대합실에 간다. 대합실이 있는 곳은 교도소 건물의 담장 밖이다. 정문 옆에 번호가 매겨진 자그마한 접견용 방이 늘어서 있다. 대합실에서 하염없이 기다리다 방송으로 내 이름을 부르면 지정된 번호의 방에 들어가 면회를 하게 된다. 면회자는 담장 밖에서 들어가고, 수감자는 담장 안에서 입실한다. 내부는 TV 드라마나 영화에 나오는 것과 큰 차이가 없다. 간수가 기록을 하며 감시하고 있는 것은 말할 필요도 없다.

지금에서야 할 수 있는 말이지만, 나는 이 면회가 싫었다. 옥중에 있는 사람은 외부와의 접촉에 굶주려 있기 때문에 1분이라도 2분이라도 면회 시간을 늘리려고 한다. 때로는 이런 요구를 내걸고 단식투쟁을 할 때도 있다. 내 입장에서도 당연히 이 요구를 지지한다. 그러나 형에게는 참으로 미안하지만, 나는 언제나 마음 깊은 곳에서 면회가 빨리 끝나기를 바랐다. 관헌에게 감시당하고 기록당해 가면서 이야기를 나누는 것에 아무리 해도 익숙해질 수가 없었던 것이다.

그리고 이건 내게만 해당되는 이야기인지 모르지만 나이 차이가 얼마 안 나는 형제를 면회한다는 것은 묘하게 거북한 행위다. 위에서 타이를 수도, 아래서 매달릴 수도 없다. 전반적인 상황에 대해 이야기하면 십중팔구는 화제가 비관적으로 흐르고 신변잡기는 이야기해봤자 무의미하게 느껴진다. 자연히 '음'이나 '아' 같은 짧은 감탄사가 이어진다. 그렇게 시끄럽게 요구해 겨우 쟁취한 면회인데 본인의 건강, 가족과 친구의 소식에 관해 한차례 이야기하고 나면 더 이상 나눌 이야기가 없는 것이다.

카셀 2002년 8월

이와 같은 통상의 면회 외에 특별 면회라는 것이 있다. 소장이나 교무과장 같은 상부자가 수감자의 교화에 유익하다고 인정할 경우, 다시 말해 회유에 도움이 된다고 판단할 경우 교무과장실 등에서 장시간의 면회를 허락하는 제도다. 당연히 자유로운 면회는 아니다. 교무과장 같은 상부자가 동석해 목적을 달성하기 위해 이래저래 참견을 한다. 반대로 무익하다고 생각되면 가차 없이 면회를 중단시킨다.

몇 차례 이 특별 면회라는 것을 한 적이 있다. 교도소 당국은 형의 출소에 이런저런 조건을 달고 싶어 했다. 그 첫째 조건이 출소 후 기자회견을 하지 않는다는 것이었다. 그들로서는 감옥 밖에서 힘차게 전개되고 있는 민주화운동과 출소 정치범이 연대하는 사태를 피하고 싶었던 것이다. 형의 입장에서는 그런 조건은 받아들이고 싶지 않으니까, 자연히 교도소 당국과 곤란한 절충 같은 것도 해야 한다. 그러한 절충을 위한 자리로 특별 면회가 허락되는 것이다. 당국은 자기들의 조건을 마치 가족의 희망이기라도 한 것처럼 동생인 내 입을 통해 형에게 전달하려고 한다. 물론 나도 그들 마음대로 움직일 생각은 없다. 하지만 아무리 그렇다고 해도 갑자기 면회가 취소되는 사태만은 피해야 한다.

특별 면회를 할 때는 안내원의 지시에 따라 높은

담장 안으로 들어간다. 솔직히 기분 좋은 일은 아니다. 건물 안으로 들어가면 내부는 구획마다 철창살의 문으로 엄중히 나뉘어 있다. 문은 이중으로 되어 있어 하나를 열고 들어가 먼저 방금 들어온 문을 잠그고 나서야 다음 문을 연다. 문을 닫을 때는 철커덩하고 커다란 금속음이 난다. 그때의 싫은 느낌. 특별 면회를 하는 방에 이를 때까지 세 번 정도 문을 열고 닫는 절차가 반복된다. 그때마다 여기서 나갈 수 없는 게 아닐까 압박감이 더해온다. 여기 어딘가에서 고문이 행해지고 있다. 여기 어딘가에서 사형이 집행된다. 그런 생각이 집요하게 떠오른다.

감옥 안은 정적에 싸여 있다. 그러나 진짜 조용함과는 다르다. 수감자들이 숨을 죽이고 있는 기운이 바싹바싹 느껴진다. 조용하긴 한데 바로 다음 순간 절규가 공기를 찢을 것만 같아 몸을 사리게 되는, 긴장을 품은 정적이다. 또 감옥에는 독특한 냄새가 난다. 어떤 냄새인지 말로 표현하기는 어렵다. 수감자들의 땀, 피, 분뇨, 화농한 상처, 사체 등이 뒤섞인 냄새다. 그러나 직접적인 냄새가 아니라 그 냄새들을 수돗물과 세제로 씻고 난 후의 냄새다. 씻어도 지워지지 않고 벽과 옷에 스며버린 냄새. 한마디로 폭력의 냄새. 그것도 충동적이고 일시적인 것이 아니라, 계획적이고 장기적인 폭력의 냄새다.

카셀 2002년 8월

겨우 교무과장실에 도착하면 혼자서 나를 기다리고 있던 초로의 교무과장이 회유를 시작한다. "그(형)를 위해서 하는 말입니다. 기자회견 같은 건 하지 않도록 형을 설득해주실 수 없겠습니까……."

이런 말들이 형을 데리고 올 때까지 협박하듯 달래듯 끈질기게 이어진다. 겉으로는 신사처럼 정중한 말투지만 그 눈에는 속마음을 들여다보듯 끈적이는 빛이 들러붙어 있다. '이 남자의 명령 한마디에 고문이 이뤄지겠지' 하는 생각이 떠올라 차츰 커다란 하나의 덩어리로 엉겨 뭉친다. 그 정적, 그 냄새, 그 형용할 수 없는 불쾌감이, 자리나 빔지의 작품을 보고 되살아났다.

이중의 디아스포라

자리나 빔지는 우간다 태생이다. 그러나 아프리카인은 아니다. 백인도 아니다. 인도계다. 왜 인도계인 그녀가 우간다에서 태어났는가? 왜 영국으로 건너갔는가? 왜 이런 작품을 만들었는가? 이 모든 물음의 답에는 식민주의의 역사와 디아스포라적 삶의 궤적이 깊이 각인되어 있다.

아프리카 대륙의 동해안 일대를 차지한 대영제국은 1890년 프랑스와 협정을 맺어 우간다를 영국령 동아프리카회사의 통치하에 놓았으며 이어 1894년에는 우간다를 보호령으로 둔다고 선언했다(영국령 동아프리카). 영국이 식민 지배의 촉수를 오지로 점차 넓혀가는 데 중요한 역할을 했던 철도 건설에도 역시 식민지였던 인도로부터 노동자들이 투입되었다.

그 후 영국이 식민지 체제를 더 공고히 하자 인도의 상인, 직인, 기술자, 중·하급 행정직 관료의 우간다 이민이 급증했다. 오지로 상업망을 확대하고 동시에 그에 필요한 행정관을 확보하기 위해 영국이 펼쳤던 정책의 결과였다. 1931년 우간다에는 약 1만 5,000명의 인도인이 거주하고 있었으며, 그 수는 1940년까지 계속 증가했다. 그러나 그들에게 백인과 동등한 권리가 주어졌던 것은 물론 아니다.

자리나 빔지는 이렇게 우간다에 살게 된 인도인의 자손이다. 그의 부친은 1920년대에 인도에서 우간다로 건너갔다. 1960년대 아프리카 대륙에서는 독립국가 수립이 잇달았는데 우간다 역시 1962년에 독립했고 1966년 우간다인민회의당의 오보테Apollo Milton Obote가 대통령이 되었다.

1969년 이후 오보테 정권은 주요 외국 기업과 우간다 국적을 취득한 아시아계(대다수는 인도인)의 기업에도 국유화를 선언했다. 그 후 1971년 1월 이슬람교도이며 군사령관이던 아민Idi Amin이 쿠데타를 일으켜 대통령 자리에 올랐다. 아민은 1972년 8월 우간다 국적을 갖고 있지 않은 아시아계 시민(주로 영국 국적) 약 5만 명을 90일 이내로 추방하겠다고 선언했다. 그러자 우간다 국적을 가진 사람들까지 포함해 아시아계 주민 대부분이 국내에 남아 있을 수 없게 되었다. 이 조치는 도·소매업을 장악하고 있던 아시아계 대신 아프리카계를 상업 분야에 진출시키기 위한 정책의 일환이었다고 볼 수 있다.

이 간결한 역사를 읽으며 나는 몸에 닥쳐오는 위기감을 느끼지 않을 수 없다. 말을 조금만 바꾸면 조선인의 역사와도 다르지 않기 때문이다.

1910년 이래 조선반도를 식민 지배했던 일본은 침략의 손길을 더 멀리 뻗치면서 중국 동북지방(이른바 만주)에 조선의 몰락 농민을 이주시켜 노동력을 충당했다. 1931년에는 그 수가 63만 명에 달했다. 이들 조선인 이민자와 중국 민중의 관계는 미묘했다.

한편으로는 일본 제국주의에 함께 맞서 싸우는 협력적 동지 관계임이 확실했지만, 다른 한편으로는 조선 사람을 일제 침략의 첨병으로 보는 중국 측의 반발도 있었다. 1931년 7월 창춘 교외의 완바오산에서 일어난 조선인 이민자들과 중국 농민들의 충돌은 후자를 보여주는 사례다. 조선에서는 중국계 주민에 대한 폭행 사건이 일어났다. 일본은 이 완바오산 사건을 두 민족을 이간질하는 도구로 이용했고, 그 직후 '만주사변'이 일어났다.

일본의 괴뢰 국가인 '만주국'의 국가 이데올로기는 오족협화五族協和였다. '오족'이란 만주국에 거주하는 일본, 조선, 만주, 몽골, 한漢 다섯 민족을 가리킨다. 그러나 현실은 '협화'와 거리가 멀어 다섯 민족은 재정 수준은 물론 식량 배급의 질과 양에 이르기까지 일본인을 최우선으로 하는 엄격하고 면밀한 차별적 서열에 따라 편성되어 있었다. 그리고 조선인은 이 서열에서 일본인 다음의 지위를 차지하고 있었다.

잘 알려지지 않은 사실이지만 해방 직후 중국 동북 지방, 특히 만주 북부에서는 조선인 거주자에 대한 토착 무장 세력의 습격 및 학살이 잦았다. 이런 상황이 조선인들의 조선반도(특히 남반부) 귀환을 촉구하는 계기가 되었다고 한다. 이러한 조선인 배척의 움직임이 더 대규모로 확산되지 않은 데에는 아마도 항일투쟁을 통해 연대했던 중국인과 조선인의 역사적 경험이 크게 영향을 미쳤을 것이다. 또 국공 내전기부터 한국전쟁에 걸쳐 중국 공산당의 영향 아래 중국 국민당 및 미국에 맞서 힘을 모은 이들이 있었던 것도 하나의 요인일 것이다.

그러나 우간다의 경우를 생각하면 이를 당연하다고만 할 수는 없다. 해방 후 중국에서 권력을 장악한 정치세력의 성향에 따라 우간다와 같은 사태는 얼마든지 일어날 수 있었다. 또 여기서 상술할 수는 없지만 전후 일본에서 재일조선인들이 치러야 했던 경험들, 곧 일본 국적의 상실과 기본적 인권의 박탈 역시 일종의 '추방 정책'으로 볼 수 있다. 다시 말해 인도계 우간다 시민의 경험은 특수한 것이 아니다.

자리나 빔지의 가족은 1972년 이후 2년간 더 우간다에 머물렀다. 영국으로 이주를 결심하기까지 2년 동안은 내전 중인 캄팔라의 집에서 숨을 죽이고 있었다고 한다. 이민자라고는 해도 이미 반세기를 지낸 땅, 친구와 친척이 살고 직장과 학교가 있으며 소중한 삶의 기반이 있는 곳. 어느 날 갑자기 그곳으로부터 폭력적으로 추방당한다는 경험은 어떤 것일까.

열 살 남짓한 소녀였던 자리나 빔지가 당시 경험한 외국인 배척과 내전의 공포는 훗날 그녀가 우간다를 다시 찾았을 때 만든 〈아웃 오브 블루〉 속에서 고도의 보편성을 갖추고 재현되어 서경식이라는 동아시아 디아스포라의 마음을 울리며 공감을 자아냈던 것이다.

하기와라 히로코萩原弘子에 따르면 자리나 빔지는 1987년 〈그녀가 좋아했던 것은 청명한 정적, 그녀가 속삭인 것은 순수한 침묵〉She Loved to Breathe-Pure Silence이라는 작품을 발표했다. 이 작품은 네 장의 패널 앞뒤를 사용해 총 여덟 개의 이미지로 구성되어 있으며 인

〈그녀가 좋아했던 것은 청명한 정적, 그녀가 속삭인 것은 순수한 침묵〉,
자리나 빔지, 1987 ⓒ Zarina Bhimji

도계 여성의 영국 이민 경험을 다루고 있다. 한 패널에 제시된 입국사증에는 1975년 11월자로 영국 내무부 스탬프가 찍혀 있고 "이후 본 여권 소지자의 영국 체재는 불가"라고 쓰여 있다. 같은 패널의 반대편에는 의료용 고무장갑이 보인다.

1970년대 중반 런던 히드로 공항에서는 인도계 여성만을 대상으로 '처녀막 검사'가 행해졌다. 이미 영국에서 생활하고 있는 인도계 남성이 결혼 상대로 부른 여성들은 입국 자격에 문제가 없을 터였다. 그런데도 이민국은 약혼증명서의 진위를 확인한다는 명목으로 '검사'를 실시했던 것이다. 남아시아 출신의 미혼 여성이라면 당연히 처녀이리라는 생각에서다. 이에 재영 인도계 여성들은 명백한 이민 제한 정책이며 성폭력이라고 항의했다. 자리나 빔지의 작품이 말하고자 하는 바도 바로 그것이다.

영국 식민주의의 편의에 따라 아버지 세대에 인도를 떠나 아프리카로 이주했다. 반세기가 지나 부친이 생활의 기반을 쌓은 아프리카 땅, 자신이 태어난 고향인 그 땅으로부터 추방당해, 어쩔 수 없이 영국으로 건너갔지만 그곳에선 차별과 인권탄압이 기다리고 있다. 제국주의 국가의 사정에 따라 때로는 이용당하고, 때로는 배제당하면서 언제까지 농락당하는 삶. 그것이 이중의 디아스포라로서 자리나 빔지가 경험한 바다.

아민의 추방 정책이 난폭하고 우매하다고 비난하는 것은 어렵지 않다. 그러나 식민 지배로 그 씨앗을 심어놓은 영국이 마치 제3자인 양 구는 것은 위선이 아닌가. 식민주의 자체의 기원까지 거슬러 올라가 근본적으로 비판하지 않으면 제대로 된 비판이라고 할 수 없다. 우간다의 실패, 아프리카 국가의 실패를 비웃기 전에, 다음과 같은 에드워드 사이드의 말을 음미해 봐야 한다.

> 너희들은 실패했다고, 길을 잘못 들었다고 현대의 오리엔탈리스트는 말한다. 말할 나위 없이 이것은 V. S. 나이폴Vidiadhar Surajprasad Naipaul이 문학에 공헌한 바다. 제국주의의 피해자들이 훌쩍거리며 불평을 늘어놓는 동안 그들의 나라는 점점 영락零落해간다. 그러나 이는 제국의 개입이 끼친 영향을 참으로 표면적으로만 어림짐작하는 것이다. 제국이 '열등' 민족이나 '피지배' 민족의 생활에 수 세대에 걸쳐 가한 거대한 일그러짐이 참으로 간단히 잘리고 줄여진 것이다. 제국이 침입해 팔레스타인, 콩고, 알제리, 이라크 사람들의 생활을 지배해온 긴 세월을 대면하고 인정하려는 자세가 너무도 부족하다.[23]

카셀 2002년 8월

여기서 사이드가 열거하는 사람들, 제국주의에 의해 수 세대에 걸쳐 거대하게 일그러져온 삶을 살고 있는 이들의 목록은 사실 훨씬 길다. 그리고 거기에 자리나 빔지 같은 인도계 디아스포라와 재일조선인을 더할 수 있을 것이다.

아름다운 열대 풍경

'도쿠멘타 11'에는 이 밖에도 많은 디아스포라 예술가들이 출품했다. 작품 하나하나에 대해 논할 지면의 여유는 없으나 생각나는 대로 이름만이라도 소개하기로 한다.

시린 네샤트는 1957년생의 이란계 미국인이다(그녀에 대해서는 앞에서 썼다). 트린 민하Trinh T. Minh-Ha는 1952년 베트남 하노이에서 태어나, 베트남전쟁 후 미국으로 건너가 아티스트 겸 문화연구자가 되었다. 피오나 탄Fiona Tan은 1966년생의 인도네시아 출신 작가로, 암스테르담과 베를린을 거점으로 작품 활동을 하고 있다. 모나 하툼Mona Hatoum은 1952년 베이루트에서 태어나 현재 런던에 사는 여성 아티스트다. 아이작 줄리언Isaac Julien은 1960년 런던에서 태어났지만 부모는 카리브해의 작은 섬 세인트루시아 출신 이민자다. 이

위   〈베가본디아〉Vegabondia, 아이작 줄리언, 2000
아래 〈마사틀란으로의 긴 여로〉The Long Road to Mazatlán, 아이작 줄리언, 1999

섬은 1502년 12월 13일 성 루치아 축일에 콜럼버스에 의해 '발견'되었다고 한다. 1979년 영연방 내의 자치국으로 독립했으나, 사탕수수 농장에 노동력을 제공하기 위해 끌려온 아프리카 노예의 자손이 현재 주민의 다수를 차지한다. 줄리언의 작품은 '흑인', '카리브해 출신', '동성애자'라는 삼중의 마이너리티가 느끼는 기억·환상·욕망을 다루고 있다.

한편 부모가 모두 나이지리아인인 잉카 쇼니바레 Yinka Shonibare는 1962년 런던에서 태어나 어릴 적부터 런던과 라고스를 오가며 활동하고 있다. '도쿠멘타 11'에는 커다란 설치작품 〈정사와 간통〉Gallantry and Criminal Conversation을 출품했다. 빅토리아 시대의 단체 여행이 모티프로 등장하는데 남녀 인물들은 머리가 없고, 모두 '아프리카 천'으로 만든 옷을 입고 있다.

우리는 대부분 그 천의 선명한 색깔과 무늬를 보고 의심 없이 '아프리카적'인 것이라고 생각한다. 하지만 정말 그럴까? 이것이 쇼니바레의 작품에 되풀이해 나타나는 테마다. 이런 천의 색과 무늬는 인도네시아에서 기원한 납염蠟染이 그 종주국인 네덜란드를 거쳐 유럽으로 유입되고 맨체스터에서 영국인이 디자인해 다시 아프리카로 수출된 것이라고 한다. 원재료인 면화는 인도산이거나 동아프리카산이다. 곧, 우리가 '아프리카적'이라고 생각하는 색과 무늬의 이미지는 사

〈정사와 간통〉, 잉카 쇼니바레, 2002
© Yinka Shonibare

〈빅토리안 댄디의 일기〉, 잉카 쇼니바레, 1998
© Yinka Shonibare

실 근대 식민 지배 과정에서 종주국에서 생산된 뒤 식
민지에 강요돼온 것이다.

쇼니바레는 또 거꾸로 '영국적'이라고 간주되는
것에도 근본적인 의문을 제기한다. 그의 대표작 중 하
나인 〈빅토리안 댄디의 일기〉Diary of a Victorian Dandy는 통
상 '영국적'인 문화의 절정기라고 하는 빅토리아 시대
어느 부유한 시민의 일상을 찍은 사진 같지만, 그 중
앙에서 하인이나 집사를 거느리고 앉아 주인을 연기
하는 것은 아프리카인인 쇼니바레 자신이다. 가장 '영
국적'인 이미지의 한가운데서 그 자리에 있어서는 안
될 '아프리카인'의 모습을 본 관람자는 곤혹감을 느끼
는 동시에 은폐된 식민 지배라는 현실에 직면한다. 쇼
니바레는 이렇게 우리가 무의식중에 '자연스러운 것',
'본질적인 것'으로 여기게 된 이미지 또는 그런 미적
취향의 역사성, 정치성을 폭로한다.

여기서 언급한 디아스포라 아티스트들의 작품은
도쿠멘타 전시 전체로 보면 일부분에 지나지 않지만,
직접적으로든 간접적으로든 모두 제국주의적 식민 지
배가 수 세대에 걸쳐 야기한 '거대한 일그러짐'을 비판
하고 있다.

일본에 돌아온 후 2002년 가을 한 심포지엄에 참
석했다. 심포지엄의 취지는 '도쿠멘타 11'의 공동 큐레
이터를 초대해 그 성과와 과제에 대해 토론하는 것이

카셀 2002년 8월

었다. 그 자리에서 한 저명한 일본인 큐레이터가 자리나 빔지의 작품을 예로 들며 '그의 작품은 설명을 읽지 않으면 관객에게는 아름다운 열대 풍경으로만 보일 뿐이다'라는 요지의 발언을 했다. 놀랄 수밖에 없었다.

물론 예술 작품으로부터 무엇을 느끼는가는 전적으로 보는 이의 자유다. 아무것도 느끼지 못한다는 사람에게 뭔가를 느끼라고 강요하는 건 공허한 짓이다. 하지만 나는 진정 납득이 되지 않았다. 그 큐레이터는 정말로 자리나 빔지의 영상을 '아름다운 열대 풍경'으로만 느꼈을까?

작품의 역사적 배경이나 작가의 경력에 대해 알기 전부터 폭력의 기억이, 그 냄새며 감촉과 함께 딱히 뭐라고 표현할 수 없는 '싫은 느낌'이 되어 보는 자에게 전해 온다. 그것이 이 작품이 예술로서 걸작인 이유다. 이 큐레이터에게는 그 '느낌'이 전해 오지 않는 모양이다. 이런 감성의 단절에 할 말을 잃을 뿐이다.

여기에 일본 사회의 문제가 얼굴을 내밀고 있는 것은 아닐까. 가장 가까이 있는 디아스포라인 재일조선인의 존재를 이해하지 않으려는 사람들이 어떻게 다른 디아스포라 예술을 느끼고 받아들일 수 있을까.

IV

추방당한 자들

브뤼셀, 오스나브뤼크
2002년 5월

잘츠부르크
2002년 여름, 2004년 여름

1. 난민의 자화상

브레인동크 요새

2002년 5월 2일 늦은 밤, 나는 암스테르담을 경유해 브뤼셀에 도착했다. 이렇게 외국의 공항에 내리는 것이 몇 번째일까? 셀 수 없이 경험한 일인데도 입국 심사를 기다리며 줄을 서 있노라면 언제나 불안하다.

일본에서부터 동행한 촬영팀과 간단한 미팅을 한 후 거의 스무 시간 만에 호텔 방에서 몸을 뻗고 누울 수 있었다. 나흘 동안 TV 프로그램 한 편의 촬영을 마쳐야 하는 강행군이다. 나의 오랜 희망대로 펠릭스 누스바움Felix Nussbaum이라는 화가를 다루게 돼 그의 은신처가 있던 벨기에 브뤼셀과 고향인 독일 북부의 오스나브뤼크Osnabrück를 서둘러 돌게 된 것이다.

다음 날 먼저 브레인동크Breendonk 요새로 향했다. 나는 장 아메리Jean Améry의 『죄와 속죄의 저편』Jenseits

브레인동크 요새
외부에 자리한 처형장(첫번째 사진)은 누스바움의 그림에 나오는 벽을
연상시킨다. 고문실 내부의 목제 기구(세번째 사진)는 천장에서 떨어지는
희생자의 무릎을 으스러뜨리기 위한 것이다.

*von Schuld und Sühne*을 통해 이 요새의 존재를 알게 되었다. 그리고 프로그램 기획 단계에서 이번 촬영에 꼭 이 요새를 넣어달라고 주장했다.

브레인동크 요새는 브뤼셀과 안트베르펜 가운데쯤 위치한 메헬렌이라는 지방 도시의 근교에 있다. 1906년부터 14년에 걸쳐 건설되어 제1차세계대전 때부터 실제로 요새로 쓰였다. 제2차세계대전 때는 벨기에를 점령한 독일군이 강제수용소로 사용했다. 현재는 국립박물관으로 보존되어 있다.

참호와 해자垓字로 둘러싸인 직사각형의 부지에 콘크리트로 만든 요새가 울퉁불퉁한 모습을 드러낸다. 원래는 전체가 흙으로 덮인 지하 요새였다. 그런데 독일군이 수용소 수감자들에게 총 25만 톤이라는 방대한 양의 흙을 손으로 파게 해 겉으로 드러나게 만든 것이다. 참호에 걸린 작은 다리를 건너 정면의 문을 열고 들어가 지하의 어두운 내부를 천천히 훑으며 앞으로 나아간다. 촬영팀이 이런 내 뒷모습을 찍으며 따라온다.

정면 현관으로 들어가면 오른쪽에 이 수용소를 관리하던 SS(히틀러 친위대)의 집무실이 있다. 더 들어가면 통로는 막다른 골목이 되어 T자형의 세 갈래 길이 된다. 좌우는 감방이 죽 늘어선 통로다. 우리는 오른쪽으로 꺾어 희미한 전등이 비추는 갱도와 같은 통로를 천천히 나아간다. 무엇보다도 견디기 어려운 건 습기다. 애초에 지하 요새로 설계되었기에 통풍이 지극히 불량하다. 통로의 벽과 천장은 이슬과 스며 나온 지하수로 언제나 젖어 있다.

통로의 끝까지 가서 다시 오른쪽으로 꺾어지니 곧 고문실의 입구가 나온다. 아메리가 고문을 당한 방이다. 방으로 가는 좁은 통로는 두 번 꺾인다. 밖으로 소리가 새어 나가지 않도록 주의 깊게 계산한 것이다. 창은 없고 바깥의 빛은 전혀 스며들지 않는다. 인두 같은 도구가 놓여 있다. 철 갈고리가 천장 도르래에 매달려 있다. 바닥에는 끝이 뾰족한 목제 기구가 있다. 고문 집행자가 갑자기 사슬의 조임을 풀면 천장에 매달린 희생자는 바로 그 위로 세게 떨어져 무릎이나 정강이가 으스러진다.

손을 뒤로 해 묶은 끈의 매듭에 갈고리가 걸리고 사슬로 끌어올려져 바닥에서 1미터 높이의 공중에 매달린다. (⋯) 양쪽 어깨가 부서져 튄 것 같다. 그 감각은 지금도 잊을 수가 없다. 프라이팬에서 공이 튀어나오듯이 양쪽 어깨 관절이 탈구되면서 나는 허공에서 떨어졌다. 어깨에서 뽑혀 나간, 뒤로 묶인 손이 여전히 줄에 매달려 머리 위에서 비비 꼬였다. 고문torture은 '탈구시키다, 어긋나게 비틀다'라는 뜻의 라틴

브뤼셀, 오스나브뤼크 2002년 5월

어 'torquere'에서 유래했다. 실로 경탄할 만한
언어적 명찰明察!24

고문실 바닥은 살짝 경사를 이루며 가운데에 가느
다란 골이 패어 있다. 희생자가 흘린 땀, 눈물, 피, 배설
물 등 온갖 액체가 그 골을 타고 배수구로 매끄럽게 흘
러내려 간다. 참으로 정밀한 설계라 하겠다.

며칠, 아니 수십 일 동안 이 밀실에서 괴로움을 당
해도 아무도 구해주지 않는다. 아니, 구해주기는커녕
아무도 알지 못하는 것이다. 아메리는 고문을 강간에
비유한다. 그것은 "그 어떤 도움의 손길도 기대할 수
없을 때, 실존의 절멸 속에서 완료된다"라고.

요새 밖으로 나와 둘레를 따라 걸었다. 처형장은
예전 그대로 보존되어 있었다. 적당한 간격으로 늘어
선, 끝이 뾰족한 갈색 말뚝은 희생자를 묶어 총살하기
위한 것이다. 대략 4미터 높이의 벽 모서리 부분에 침
목과 같은 굵은 나무 기둥이 비스듬히 걸쳐져 있다. 나
무 기둥에서 녹슨 사슬이 세 개쯤 늘어져 바람에 흔들
리고 있었다. 교수형이 집행되던 곳이다.

추방당한 자들

펠릭스 누스바움 전시관의 내부와 외부.
내부의 불안정한 구조(왼쪽 위, 아래)는 지하 요새나 수감실을 연상시킨다.
또 위에서 바라보면(오른쪽 아래) 여러 선이 보이는데
그 하나가 가리키는 곳에 SS 본부로 쓰였던 건물(사진 속 왼쪽 상단)이,
또 다른 하나가 가리키는 곳에 시나고그 터가 자리하고 있다고 한다.

오스나브뤼크

독일 점령하의 벨기에에서 망명 유대인 장 아메리가 레지스탕스 활동을 하고 있을 때 브뤼셀의 은신처에서 한 화가가 누구에게도 보일 희망이 없는 그림을 그리고 있었다. 그의 이름은 펠릭스 누스바움이다.

누스바움의 고향은 독일 오스나브뤼크. 2000년 여름 그곳에 다니엘 리베스킨트Daniel Libeskind가 설계한 미술관 '펠릭스 누스바움 전시관'Felix-Nussbaum-Haus이 개관했다. 이곳에는 누스바움의 작품 170여 점이 전시되어 있다.

펠릭스 누스바움은 1904년 12월에 태어났다. 대학에서 가까운 고급 주택가 슈로스가街에 유복하고 평화로웠던 시절 누스바움의 집이 남아 있다. 지금은 앞뜰에 조촐한 표지판이 있을 뿐 누스바움과는 전혀 상관없는 가족이 살고 있다.

철물상이던 아버지는 당시의 전형적인 동화 유대인이자 '기사 전우회' 회원으로 애국주의적인 사상을 지니고 있었다. 제1차세계대전에는 많은 독일 유대인이 종군했는데, 국가가 요구하는 '국민'으로서 의무를 앞장서서 실천하는 이런 행위는 다수자와 똑같이 '독일 국민'으로 인정받고자 하는 심리의 표출이었다고 할 수 있다. 수 세기에 걸친 신분 차별로부터 벗어나기

를 기대했던 그들은 '평등한 국민'이라는 근대 국민국
가의 약속을 믿고 자발적으로 그 관념에 동일화하려
했던 것이다. 그러나 그 기대는 나치즘이라는 반동에
의해 무너진다.

펠릭스는 유대인 초급학교를 졸업하고 일반 학교
로 옮겼다. 하지만 다수자인 기독교도 급우들은 "유대
인 자식이 강가로 내려왔다네. 돼지 새끼를 목욕시키
러"라는 노래를 불러대며, 내성적인 아이였던 그를 놀
리고 괴롭혔다. 펠릭스는 일부러 마음에 두지 않는 척
했다지만 이런 경험은 실은 다수자가 생각하는 것처
럼 사소하지 않다. 나 역시 이 에피소드를 듣자 바로
초등학교 동급생들로부터 "조-센, 조-센, 바보(파가)
취급하지 마. 같은 밥 먹고 어디(토코)가 다르지"라는
노래로 놀림당했던 어린 시절 기억이 되살아났다. 재
일조선인 1세들의 일본어 발음을 비웃기 위해 일부러

오스나브뤼크
고급 주택가에 자리한
펠릭스 누스바움의
생가

브뤼셀, 오스나브뤼크 2002년 5월

'바카'를 '파가', '도쿄'를 '토코'라고 하며 놀리는 것이다. 지금도 세계 각지에서 똑같은 일들이 일어나고 있을 터이다. 그리고 또 수많은 펠릭스들이 분한 눈물을 참고 있으리라.

독일인 다수자로의 동화와 유대인으로서 정체성 유지, 이 둘 사이의 갈등이 펠릭스 누스바움 예술의 모티프였다. 그것을 가장 여실히 보여주는 그림이 바로 스물두 살에 창작한 〈두 사람의 유대인〉Die beiden Juden 이다.

이 작품은 유대교 예배당인 시나고그Synagogue를 배경으로 예배를 위해 천을 머리에 두른 두 남자를 그렸다. 그중 젊은 쪽 남자는 화가의 자화상이리라. 역사적으로 시나고그 내부를 그린 그림은 드물며 종교적 의장을 몸에 두른 유대인의 자화상 역시 드물다. 우상숭배를 금지한 전통적인 유대교 공동체에서 구상적 그림을 그리는 것이 금기시되었기 때문이다. 확고한 전통을 가진 유대교도도 아니고 그렇다고 기독교 다수자에 완전히 동화된 것도 아닌 양가적인 정체성이 누스바움으로 하여금 이런 그림을 그리게 한 것이다.

전에 이 시나고그가 있던 장소는 펠릭스 누스바움 전시관에서 걸어서 5분 정도 거리였다고 하는데 지금은 빈터가 되어 주차장으로나 쓰인다. 그에 이웃한 근사한 건물은 지방 행정부 청사로, 벽 측면 부조

〈두 사람의 유대인〉, 펠릭스 누스바움, 1926,
오스나브뤼크, 펠릭스 누스바움 전시관

에는 시나고그가 1938년 11월 9일, 즉 나치의 선동으로 대중이 독일 전역에서 반유대 운동을 벌인 '수정의 밤'Kristalnacht*에 파괴되었다고 기록되어 있다. 당시 이미 브뤼셀에 망명해 있던 누스바움은 고향으로부터 전해진 이 불길한 소식을 들으며 어떤 심경이었을까.

이 고장의 지방사 연구가인 페터 융크Peter Jung 씨의 설명에 따르면 제2차세계대전 전까지 오스나브뤼크에는 약 600명의 유대계 시민이 있었는데, 종전 후까지 남은 사람은 여섯 명에 불과했다. 그 여섯 명은 배우자가 아리아인이었기에 수용소 이송이 미루어지다가 그 상태로 종전을 맞았다고 한다. 그 밖에 어떤 이는 추방당하고 어떤 이는 수용소로 보내졌다. 누스바움의 부모도, 형도 살아남지 못했다.

---

*   1938년 11월 9일 밤을 말한다. 나치 당원과 돌격대원들은 이날 독일 전역에서 시나고그 1,300 곳과 유대인 소유의 상점 7,000 곳 이상을 파괴했고 그 과정에서 91명의 유대인이 살해당했다. '수정'이라는 이름이 붙은 것은 건물들을 파괴할 때 유리창이 깨지면서 반짝이는 유리가루가 하늘을 가득 메웠기 때문이라고 한다. 이 사건 이후 독일 내에서 유대인에 대한 물리적 박해가 노골적이고도 대대적으로 시행되었고, 1942년 급기야 유대인 절멸을 선언한 '최종 해결책'이 발표되기에 이른다.

추방당한 자들

난민의 삶

펠릭스 누스바움은 1922년부터 함부르크에서, 그 이 듬해부터는 베를린에서 화가 수업을 받았다. 1932년 10월 펠릭스는 독일 예술아카데미의 장학생이었던 애 인 펠카 플라테크Felka Platek와 함께 로마로 유학을 떠났 다. 히틀러가 정권을 잡은 것은 그로부터 석 달 뒤였 다. 둘은 독일로 돌아갈 수 없는 사실상 난민 신세가 되었다.

두 사람이 프랑스를 거쳐 벨기에에 도착한 것은 1935년 2월이었다. 서구의 거의 모든 나라가 독일에서 빠져나온 유대인 난민에게 국경을 닫았지만, 벨기에에만 은 아직 체재 허가를 꽤 쉽게 내주는 편이었다. 하지만 그렇다고는 해도 허가 기간은 언제나 한 번에 6개월로 제한됐고, 갱신받으려면 까다로운 수속을 밟아야 했 다. 외국인등록증에는 모든 고용 노동 종사 금지가 명 기돼 있었다. 벨기에 국민의 고용을 위협할 우려가 없 는 자에게만 간신히 6개월간 체재가 허가되었다.

1940년 5월 10일 독일군이 벨기에를 침공했을 때 벨기에 당국은 국내에 있는 15세 이상의 독일 국적 남 성들을 인질로 구속했다. 나치 지지자인지 아닌지는 고려되지 않았다. 아메리나 누스바움 같은 망명 유대 인도 여권상 국적이 '독일'이라는 이유만으로 구속되었다. 누스바움을 비롯한 약 7,000명의 인질은 남프랑스의 생시프리앵Saint Cyprien에 있는 연합군 수용소로 이송되었다. 대부분 유대인이었다. 이윽고 누스바움은 수용소를 탈출해 펠카가 기다리는 브뤼셀로 돌아갔는데 이때 탈출하지 않았다면 비시Vichy 정부에 의해 독일로 송환되었을 것이다.

독일 점령하의 벨기에에서 1940년 10월 '유대인 등록령'이 내려졌다. 1941년 1월에는 제3제국 법령에 따라 국외의 독일 국적 유대인에게서 시민권을 박탈하는 조치가 취해졌다. 이에 따라 누스바움의 여권과 벨기에 외국인등록증은 둘 다 무효가 되었다. 명실공히 진정한 무국적자이자 난민이 된 것이다.

죽음의 벽

누스바움 자신은 브레인동크 수용소에 갇힌 적이 없다. 그럼에도 내가 이번 촬영에 꼭 브레인동크를 넣어야 한다고 주장한 것은 그곳이 나치 점령하 벨기에에서 공포의 상징이었기 때문이다. 아메리의 글을 보면 경찰이 레지스탕스 용의자를 협박할 때 "자백하지 않으면 브레인동크행이다. 브레인동크가 어떤 곳인지는 잘 알고 있겠지?"라는 말을 상투적으로 사용했다는 대목이 나온다. '브레인동크'라는 단어는 누스바움의 머릿속에서도 불길한 반향을 일으켰을 게 틀림없다.

브레인동크의 처형장을 직접 목격한 나는 놀랄 수밖에 없었다. 시선이 붙박여 움직이질 않았다. 군데군데 균열이 가고 희끄무레하게 얼룩진 벽의 모습이 누스바움의 작품 〈유대인 증명서를 들고 있는 자화상〉Selbstbildnis mit Judenpass에 그려진 벽과 똑같아 보였기 때문이다. 불길한 징조에 특별히 예민한 감각을 지닌 사람이, 쫓기는 정신 상태 속에서 경험하게 되는 환각 증상과 같은 것이 누스바움을 사로잡았는지도 모른다. 누스바움은 실제로는 직접 본 적이 없는 브레인동크의 '죽음의 벽'을 마음속에서 언제나 바라보고 있었는지도 모른다.

브레인동크의 요새와 메헬렌 중계 수용소 자리에 세워진 유대 박물관의 촬영을 끝낸 우리는 아주 짧은 휴식을 취한 뒤 브뤼셀 시내의 아르시메드가로 향했다. 아르시메드가는 시의 중심부에 있는 '슈만'이라는 이름의 지하철역 로터리에서 방사선처럼 뻗은 여러 거리 가운데 하나다.

아르시메드가와 프랑그랑가의 모퉁이, 왕년의 모습을 간직한 건물 1층에 카페가 하나 있다. 예전에는 식료품점이었다고 한다. 누스바움이 위조된 신분증명서를 지닌 채 들르곤 했던 가게다. 그의 은신처가 있던 아르시메드가 22번지에는 지금은 새 건물이 들어서 있지만, 아르누보 양식의 손잡이가 특징인 이웃 건물은 예전 그대로다. 그러나 이곳에 망명자 커플이 불안에 떨며 몸을 숨기고 있었다는 사실, 두 사람이 바로 이곳에서 구속돼 죽음의 수용소로 호송되었다는 사실을 알리는 표시는 전혀 없었다.

다시 걸어서 15분 정도 가면 누스바움이 아틀리에로 사용했던 제2의 은신처가 있다. 누스바움은 야간통행 금지령을 어기며 밤길을 오갔을 것이다. 그때 관헌에 들켰다면 어떻게 되었을까?

브뤼셀이 연합군에 의해 해방되기 불과 한 달 전인 1944년 7월 20일, 누스바움은 누군가의 밀고로 아내 펠카 플라테크와 함께 은신처에서 체포됐다. 두 사람은 벨기에에서 출발한 마지막 호송 열차를 타고 아우슈비츠로 보내졌다. 공식 기록에 따르면 누스바움과 펠카는 아우슈비츠 도착 후 얼마 지나지 않은 1944년 8월 9일 사망했다. 종전 후인 1946년 1월 29일 두 사람의 이름은 벨기에의 외국인 등록 기록에서 말소됐다.

종전에 이르기까지 벨기에에서 추방당한 유대인은 2만 5,000명이며 그 가운데 약 2만 3,000명이 아우슈비츠로 보내졌다. 전후에 살아남은 사람은 615명에 불과했다. 장 아메리는 그중 한 사람이다.

〈유대인 증명서를 들고 있는 자화상〉, 펠릭스 누스바움, 1943,
오스나브뤼크, 펠릭스 누스바움 전시관

망명자의 자화상

펠릭스 누스바움 전시관의 꼭대기 층 가까운 구석 모퉁이 벽에 〈유대인 증명서를 들고 있는 자화상〉이 걸려 있다. 밤거리에서 한 남자가 자기를 부르는 관헌을 돌아보는 순간을 포착한 그림이다. 외투의 가슴께에는 노란 다윗의 별이 꿰매 붙여져 있다. 왼손에 들려 있는 벨기에 왕국의 외국인등록증에는 '유대인'이라는 의미의 'JUIF-JOOD'라는 붉은 글자가 찍혀 있다. 몸을 감출 장소를 찾아 이국의 거리를 방황하던 남자는 끝내 벽으로 둘러싸인 막다른 골목 한구석에 갇힌 것이다. 이제 그 어디에도 도망칠 곳이 없다.

궁지에 몰린 남자는 눈을 크게 뜨고 자신을 그곳

누스바움의 유대인등록증,
오스나브뤼크, 펠릭스 누스바움 전시관.
자세히 보면 왼쪽에 고용 노동을
금지한다는 내용의 손글씨가 쓰여 있다.

추방당한 자들

으로 몰아붙인 자를 바라본다. "누구냐?"라고 심문하는 자를 향해 "너야말로 누구냐?"라고 조용히 되묻는다. 한때는 '평등한 국민'이라는 구호로 기대를 불어넣으며 동화를 권하더니, 다음 순간 그 기대감을 무지르고 '유대인'이라는 틀 속에 가둬 넣으려는 폭력, 그 부조리하기 짝이 없는 폭력의 표상을 그는 여기에 그려 넣었던 것이다. 자신이 유대인이라고 주장하는 게 아니다. 모든 것을 빼앗기고 절체절명의 벽 앞에서 인간의 존엄성을 마지막으로 주장하고 있는 것이다. 그러니까 이것은 '유대인'의 자화상이 아니다. 망명자의 자화상이며, 디아스포라의 자화상이다.

나는 그림의 한옆에 서서 나를 찍고 있는 TV 카메라를 향해 이런 이야기를 했다. 말하는 내용이 일본 시청자들에게 제대로 전달될지에 대해서는 자신이 없었다. 무엇보다 나를 찍고 있는 제작팀 멤버들이 그림의 의미를 이해한 것 같지 않았다.

나는 지갑에서 나 자신의 외국인등록증을 꺼냈다. 일본 법무성이 발행한 증명서다. 열네 살 때부터 어디에 가든 몸에서 떼어놓지 않고 지니고 다녀야 했다. 재일조선인 1세들이 '수첩'이라고 불렀던 데에서 알 수 있듯, 전에는 수첩 모양의 작은 책자였다. 거기에는 왼손 검지의 검은 지문이 찍혀 있었다. 지금은 현금 인출용 카드와 같은 모양이고, 나 같은 '특별 영주자'들에

한해서는 지문 날인 제도도 없어졌다. 하지만 항시 휴대해야 한다는 의무는 변함이 없다. 이는 과거 조선 민족을 대일본제국 신민의 틀 속으로 끌어들여 놓고 나중에 상의도 없이 다시 '국민'의 틀 밖으로 내쫓은 자들이 지금도 우리 재일조선인들에게 부과하고 있는 의무다.

나는 내 외국인등록증을 왼손에 쥐고, 누스바움의 자화상과 같은 포즈로 그것을 들어 보였다. 그리고 그런 내 모습을 찍어달라고 재촉했다. 그 장면은 촬영은 됐지만, 편집 단계에서 결국 잘려나갔다.[27]

2. 어제의 세계

잘츠부르크 2002년 여름, 2004년 여름

다나에의 사랑

한 5년 전부터 나는 여름이면 '잘츠부르크 음악제'를 찾는다. 구시가의 뒷골목에 있는 오래된 호텔에 일주일 정도 머물면서 오페라 두세 작품, 교향악과 실내악, 그 외의 가곡 리사이틀 등을 각각 한두 공연씩 즐기는 것이 언제나의 일정이다.

  2002년 여름에 본 공연 중에서 여기서 언급할 만한 것은 역시 리하르트 슈트라우스Richard Strauss의 오페라 〈다나에의 사랑〉Die Liebe der Danae이다. 〈다나에의 사랑〉은 1952년 잘츠부르크 음악제에서 초연되었다. 이번 상연은 그 50주년을 기념하는 뜻이 담겨 있다. 사실 이 작품은 제2차세계대전 말기인 1944년 여름 초연될 예정이었다. 그러다 '총력전'의 구호에 눌려 〈다나에의 사랑〉 초연은 물론 음악제 자체가 나치 당국에 의해 취소되어버렸다. 당시 여든 살의 작곡가가 볼 수 있었던 것은 의상을 갖춰 입고 진행한 전막全幕 리허설뿐이었다. 그것도 괴벨스의 묵인하에 겨우 치러질 수 있었다.

　나는 여기서 리하르트 슈트라우스가 나치의 희생자였다거나, 하물며 자각적인 저항자였다는 말을 하려는 것은 아니다. 슈트라우스는 반유대적 편견을 가진 사람이었다. 나치가 정권을 잡았을 때 제3제국 음악원 총재에 취임하기도 했다. '예술'을 비호하기 위해서였다는 변명이 있긴 하지만 그가 자발적인 나치 협력자였음을 부정할 수는 없다.

　슈트라우스가 나치 권력에 반골 기질을 드러낸 일이 없었던 것은 아니다. 제3제국 음악원 총재였던 1933년부터 이듬해까지 그는 유대인이 관계한 작품의 상연을 금지한 나치의 명령을 무시한 채, 슈테판

잘츠부르크
음악제에서

추방당한 자들

〈다나에〉Danae,
틴토레토Tintoretto, 16세기 후반, 리옹, 리옹미술관

츠바이크Stefan Zweig 대본의 오페라 〈말 없는 여인〉Die schweigsame Frau을 작곡했다. 나치 당국은 이 일의 처리를 놓고 곤란한 입장에 빠졌지만 결국 히틀러가 슈트라우스에게 예외적으로 상연을 허가한다는 뜻을 전했다. 상연은 대성공을 거두었지만 그 이상은 허락되지 않았다.

슈트라우스는 1935년 7월에 제3제국 음악원 총재직에서 해임되었다. 츠바이크에게 보낸 편지에 자신은 최악의 사태를 피하기 위해 제3제국 음악원 총재 역을 연기하고 있노라고 썼기 때문이라는 것이 일반적인 설이다. 하지만 해임 후에도 슈트라우스는 베를린 올림픽 때는 〈올림픽 찬가〉Olympische Hymne를 작곡했으며, 일본 황기皇紀 2600년제를 위한 축전음악을 제작하기도 했다.

리하르트 슈트라우스의 만년은 나치 당국과의 긴박한 대결의 나날이었다. 아들 프란츠는 열성적인 나치 당원이었지만, 프란츠의 아내인 아리스는 유대계였다. 나치는 이 약점을 구실로 슈트라우스와 그의 '비非아리아계' 가족을 집요하게 압박했다. 아리스는 자택에 연금되었으며 프라하에 살던 아리스의 할머니 파울라 노이만Paula Neumann을 비롯한 많은 친척이 강제수용소로 보내져 결국 스물여섯 명이 목숨을 잃었다. 대작곡가 리하르트 슈트라우스는 자신의 지위와 인맥을 이용해 친척들을 구하려 백방으로 애썼지만 효과는 거의 없었다.

슈테판 츠바이크는 슈트라우스라는 인물을 다음과 같이 정확한 언어로 표현했다.

> 그가 늘 공공연하고 냉정하게 고백하듯 그의 예술적 에고이즘의 견지에서 보면 어떤 정치 체제든 상관없었던 셈이다. 그는 독일 황제 밑에서 악장으로 군대행진곡을 작곡했다. 또한 오스트리아 황제 밑에서는 빈의 궁정악장이었으니, 오스트리아와 독일 제국하에서 똑같이 총아였던 것이다.[28]

츠바이크는 다음과 같은 해석을 내놓기도 했다. 곧 슈트라우스가 나치 정권에 접근한 것은 며느리가

리하르트 슈트라우스

잘츠부르크 2002년 여름, 2004년 여름

유대계라는 점, 대표적인 오페라가 '순수 아리아인'이 아닌 후고 폰 호프만슈탈Hugo von Hofmannsthal의 대본이라는 점, 악보 출판사의 경영자가 유대계라는 점 등의 약점 때문이었다는 것이다. 나치가 정권을 잡은 직후, 당시 세계에서 가장 저명한 음악가 중 한 명인 슈트라우스가 자진해 협력을 표명한 것은, 괴벨스나 히틀러에게는 나치의 문화 정책을 포장하는 도구로 수량화할 수 없는 막대한 이득을 의미했다.

리하르트 슈트라우스를 어떻게 평가할 것인가. 이는 오늘날 잘츠부르크 음악제의 이념 및 존재 이유와 맞물리는 중대한 문제다. 그가 평범한 음악가였고 작품도 범용한 수준에 머물렀다면 평가도 간단할 것이다. 하지만 그렇지 않기 때문에 이런 물음은 '인간성이란 무엇인가' 혹은 '예술이란 무엇인가'라는 물음과 맞먹을 정도로 복잡하고 어려우며, 또 그만큼 흥미로운 것이다.

슈트라우스라는 인물에게는 나치에 의한 예술 지배 정책의 피해자라는 측면과 대對나치 협력자라는 측면이 모순을 이루며 존재한다. 2002년 〈다나에의 사랑〉 상연은 물론 전자의 측면을 부각하려고 한 것이었다. 아마도 그러지 않고는 상연이 곤란했으리라. 그러나 그것은 어쩔 수 없이 후자의 측면을 상기시키며, 모종의 가책과 불편한 기억을 불러일으킨다. 그 양자를

오페라 〈다나에의 사랑〉 공연 장면,
잘츠부르크, 소축제극장, 2002

떼어놓을 수는 없다. 나치 권력에 협력한 것이나, 가끔 반골 기질을 보여준 것이나, 슈트라우스의 행동을 관통하고 있던 원리는 어디까지나 그가 '예술'이라 믿었던 바로 그것이었다. "예술적 에고이즘"이라는 츠바이크의 표현은 그런 점에서 정곡을 찌르는 말이다.

덧붙이자면 내가 본 〈다나에의 사랑〉은 뛰어난 공연이었다고 할 수 없었다. 소프라노 데버라 보이트 Deborah Voigt는 무대 위에서 거의 움직이지 않은 채 열창했지만, 나로서는 별 감화가 없었다.

어제의 세계

슈테판 츠바이크는 1881년 합스부르크제국의 수도 빈의 부유한 유대인 가정에서 태어났다. 10대 때부터 문학을 가까이하며 시와 소설을 쓰기 시작했다. 제1차세계대전 중에 로맹 롤랑Romain Rolland과 친분을 맺고, 전후 잘츠부르크의 자택을 거점으로 유럽 각지의 문학가·음악가·예술가들과 우정을 나누며 예술의 진흥에 힘을 기울이는 한편, 인문주의적인 입장에서 반전·평화의 이상을 주장했다.

잘츠부르크에 자리한 츠바이크 자택은 구시가와 강을 사이에 둔 카푸치너베르크의 언덕에 있었다. 이

집에서 1920년에 첫 음악제가 열렸다. 극작가인 후고 폰 호프만슈탈과 연출가인 막스 라인하르트Max Reinhardt 가 "여름에 먹을 빵 한 조각 살 돈도 없는 배우와 음악 가들을 궁지에서 끌어내기 위해" 시작한 것이다. 이 시도는 대성공을 거두어 잘츠부르크는 눈 깜짝할 사 이에 '유럽의 예술 순례지'가 되었다. 츠바이크 자택 의 방문객 명부에서는 다음과 같은 서명들을 볼 수 있 다. 로맹 롤랑, 토마스 만Thomas Mann, 제임스 조이스James Joyce, 폴 발레리Paul Valéry, 모리스 라벨Maurice Ravel, 리하르 트 슈트라우스, 알반 베르크Alban Berg, 브루노 발터Bruno Walter, 버르토크 벨러Bartók Béla, 아르투로 토스카니니 Arturo Toscanini……

그러나 츠바이크 자택의 테라스에서 내다보이는 아름다운 풍경의 저편, 국경을 사이에 두고 마주 보는 베르히테스가덴의 산 위에는 히틀러가 있었다.

1933년 5월 독일에서는 나치가 대대적인 분서를 실시했는데 거기에는 츠바이크의 저작도 포함돼 있었 다. 나치의 위협이 거세지는 가운데 츠바이크는 1934년 영국으로 이주하기로 결심한다.

제2차세계대전이 시작된 후 츠바이크는 자서전 『어제의 세계』Die Welt von Gestern를 집필하기 시작한다. 그 서문에는 이렇게 쓰여 있다.

잘츠부르크 2002년 여름, 2004년 여름

모든 뿌리에서, 그 뿌리를 키울 토지에서조차 떠나 있는 나는 온갖 시대를 둘러보아도 좀처럼 드문, 참으로 그런 인간이다. 나는 1881년 하나의 거대한 제국, 합스부르크제국에서 태어났다. 하지만 그곳을 지도 위에서 찾는 것은 헛된 일이다. 그곳은 이미 자취도 없이 사라져버렸다. 나는 2,000년에 걸쳐 국가를 초월해 존재해온 수도 빈에서 자랐다. 그럼에도 그 도읍이 독일의 일개 지방 도시로 떨어지기 직전에 나는 마치 범죄자처럼 그곳을 떠나야만 했던 것이다. 내 문학 작품은, 나의 책이 수백만 독자에게 기쁨을 줬던 바로 그 나라에서 불태워져 재로 돌아갔다. 그러기에 나는 이제 그 어디에도 속하지 않는다. 모든 곳에서 이방인이며, 기껏해야 지나가는 객홍이다. 내 마음이 택한 진정한 고향 유럽도, 다시금 동포끼리의 전쟁이라는 불구덩이에 몸을 던져 자살한 것과 다름없이 제 몸을 찢은 이후로 내게는 잃어버린 존재가 되었다. 내 뜻이 아니건만 나는 온갖 시대의 연대기 가운데 가장 무서운 이성의 패배와 가장 흉포한 야만적 승리의 증인이 되었던 것이다.[29]

츠바이크에게 '어제의 세계'란 유럽의 중세적 신분 사회가 막을 내린 시대, 곧 유대인에 대한 신분 차별이 폐지되고 자유주의와 개인주의가 흐드러지게 꽃 피었던 시대다. 그것은 또한 '유럽의 정신'으로서 휴머니즘을 신봉하며 그 이상을 몸소 구현하는 삶을 지향한 코스모폴리탄들이 배출된 시대이기도 하다. 빈은 그 중심에 있었다.

그 시대 유럽의 제국들은 외부를 향해 이미 식민지 획득과 세계 분할을 놓고 치열한 경쟁을 벌이고 있었다. 세계 전쟁의 준비였던 셈이다. 하지만 막 태어나고 있던 국민국가의 뼈대는 불완전해, 장래 국민총동원체제의 세계대전이 현실이 되리라고는 상상하기 어려웠다. '어제의 세계'에서 인류는 아직 세계 전쟁이라는 공포를 몰랐기에 이성의 힘으로 착실하게 진보해 가는 인간성의 이상을 신뢰할 수 있었던 것이다.

슈테판 츠바이크

잘츠부르크 2002년 여름, 2004년 여름

잘츠부르크 음악제는 이와 같은 보편적 '휴머니즘'의 실험장이었다고 할 수 있다. 그것이 비록 아직 유럽중심주의라고 하는 (나아가 남성중심주의나 상류계급 취향 같은) 역사적 한계 안에 있었다고 할지언정…….

그러한 휴머니즘의 실험이 나치즘이라는 최악의 반동에 의해 좌절되고 말았던 것이다. 잘츠부르크 음악제는 지금도 이런 역사로부터 자유롭지 못하다. 저항이건 영합이건 나치즘과 관련한 수많은 기억으로부터 자유로울 수 없다. 여전히 균열과 긴장을 내포한 투쟁의 장이다.

대극장 옆 광장은 옛날에 말을 씻기던 자리로, 그 유래에 따라 멋진 말 조각의 분수가 있는데 지금은 '카라얀 광장'이라고 불린다. 헤르베르트 폰 카라얀Herbert von Karajan은 제2차세계대전 이후 잘츠부르크 음악제 중흥의 최고 공로자였다. 그러나 그는 마지막까지 자신의 나치당 입당 경력에 관해 입을 다물었다. 사람들 역시 그 사실에 대해 눈을 감고 불문에 부쳤다.

나는 카라얀이 지휘하는 연주가 들려주는 처절할 정도의 아름다움을 잘 아는 사람 중 하나다. 그 수준에 필적하는 연주를 이제 거의 들을 수 없게 된 것을 아쉽게 생각한다. 그러기에 카라얀 광장이라는 안이한 이름에 위화감을 넘어 위기감까지도 금할 수 없다. 슈트라우스의 예술, 그리고 카라얀의 예술을 사랑하면서도 그들의 '예술적 에고이즘'이 앞으로도 저지를 수 있는 잘못을 명확히 인식하는 것이 '어제의 세계'가 보여주었던 휴머니즘을 오늘에 계승해 발전시켜가는 길이라고 생각하기 때문이다.

『어제의 세계』를 완성한 지 2년 만인 1942년 2월 22일, 브라질에 몸을 숨기고 있던 츠바이크는 리우 카니발이 한창이던 그 순간 일본군이 싱가포르를 함락시켰다는 뉴스를 듣고 아내와 함께 음독자살했다. 유서에는 지극히 평온한 어투로 "늦기 전에 결연히 이 생명에 종지부를 찍는 것이 좋겠다고 생각한다"고 쓰여 있었다.

종이와 스탬프

츠바이크는 카푸치너베르크의 자택을 나와 잘츠부르크 구시가까지 산책하고 카페에 앉아 그날의 신문들을 읽는 것을 일과로 삼았다고 한다. 그는 신문 기사 구석구석에서 '세계와 인간을 믿는 일'이 가능했던 시대가 급격히 쇠잔해가는 불길한 징후를 읽었을 것이다.

구시가의 한가운데 '토마셀리'Tomaselli라는 오래된 카페가 있다. 나도 잘츠부르크에 머무는 동안 이 카페에 앉아 신문을 읽곤 했다. 독일어는 못 읽으니 늘 영

잘츠부르크 2002년 여름, 2004년 여름

자 신문이었다. 내 눈길을 끌어들이는 기사는 대개 전쟁에 관한 뉴스들이었다. 세계에 흉조가 가득하다는 느낌을 받았다.

2004년 여름 나는 잘츠부르크에 도착하기까지 엄청난 고생을 했다. 피치 못할 사정이 생겨 출발을 며칠 연기한 탓에 이미 티켓을 구입한 두세 개의 연주를 눈물을 머금고 포기해야 했다. 나중에 내가 단념한 오페라 〈아서 왕〉King Arthur(작곡 헨리 퍼셀, 지휘 니콜라우스 아르농쿠르)이 일품이었다는 이야기를 듣고 어지간히 분한 심정이 들었다. 그러나 그것이 고생은 아니었다.

이런저런 잡무를 정리하고 짐 꾸리기와 청소도 끝낸 출발 전날 밤, 그것도 밤 12시가 지나 이제 겨우 여행을 떠날 수 있게 됐다는 생각에 한숨을 돌리며 무심코 여권을 보다가 나는 그만 아연해지고 말았다. 재입국 허가 기한이 끝나 있었던 것이다.

이렇게 말해도 그게 무슨 의미인지 모르는 사람이 태반일 테니 설명을 덧붙이자면, 내 국적은 한국이기 때문에 나는 대한민국이 발행한 여권을 소지하고 있는데 그것만으로는 해외여행을 할 수 없다. 내가 태어나 자라고, 직장과 집이 있고, 가족과 친구가 사는 일본이라는 나라에 다시 돌아오기 위해서는 일본 법무성의 '재입국 허가'가 필요하다. 나는 일본에서 '특별영주'라는 카테고리에 분류돼 있다. 이것은 재일 외국인 가운데서는 상대적으로 가장 안정된 법적 지위이긴 하지만, 그래도 재입국 허가 없이 일본 밖으로 나가면 다시 입국할 수 있다는 보장이 없다. 아니, 원칙적으로 재입국 허가 없이는 재입국할 수 없다.

특별 영주 자격 소지자에게 일일이 재입국 허가를 받게 하는 일에 어떤 합리성이 있는지 이해하기 어렵다. 나와 같은 사람이 일본에 살 수 있는 것은 전적으로 당국의 허가가 있기에 가능한 것이다. 그렇다면 늘 감사히 여기라고 다짐을 하려는 것일까?

언제나 여행을 마치고 나리타 공항으로 돌아오면 주위의 일본인 승객들은 안도하지만 나는 긴장이 풀리지 않는다. 길게 뻗은 줄 속에 서 있다가 내 차례가 가까워오면 마음속 긴장은 높아지고 머릿속에는 망상이 펼쳐진다.

내 여권의 페이지를 팔랑팔랑 들추면서 입국관리국 직원이 졸음에 겨운 무표정한 얼굴로 이렇게 말하는 것이다. "재입국 허가가 무효가 되었군요. 이것으로는 입국이 안 됩니다." 놀란 나에게 직원은 말한다. "몰랐었나요? 이거 봐요. 실이 푸른색이죠?" 틀림없이 푸른색이다. "핑크색이 아니면 안 됩니다. 지난주 정부의 결정으로 푸른색은 무효가 되었습니다." 그런 말도 안 되는! 필사적으로 항의하는 내게는 눈길조차 주지 않은 채 직원은 냉담하게 말한다. "자, 다음 사람." 이

잘츠부르크 2002년 여름, 2004년 여름

것이 내가 곧잘 떠올리는 상황이다. 아직까지는 망상일 뿐이긴 하지만.

그건 그렇고 재입국 허가 기한이 지났음을 안 순간 내 마음은 즉시 단념하는 쪽으로 기울었다. 리하르트 슈트라우스의 〈장미의 기사〉Der Rosenkavalier도, 에리히 볼프강 코른골트의 〈죽음의 도시〉Die tote Stadt도, 토머스 햄프슨의 가곡 리사이틀도 단념하자. 비행기 예약 취소 수수료를 포함한 막대한 손실이 있겠지만 단념할 수밖에 없다. 어떻게든 해보려고 바둥거릴 정신적 에너지가 거의 고갈된 것이다. 최소한 태연한 얼굴을 하자는, 억지로 갖다 붙인 오기는 있다.

그렇게 단념하고 나서 애써 아무렇지 않은 척 친구에게 전화해 상황을 보고했다. 그랬더니 친구는 단념하지 말라, 비행기 출발 시각으로 보아 내일 아침 일등으로 입국관리국에 달려가면 허가를 받아 여행을 떠날 수 있을지 모른다며 희망을 주었다. 안절부절 잠 못 이룬 채 하룻밤을 보낸 나는 다음 날 아침 택시를 타고 업무 개시 시각인 9시 정각에 맞춰 입국관리국으로 달려갔다.

그런데 그곳에는 이미 중국 사람, 한국 사람, 필리핀 사람 등 아시아계 외국인들이 길게 줄을 서 있었다. 이 상태라면 내 차례가 올 때까지 반나절은 걸리겠지. 줄 선 사람들은 모두 사활이 걸린 듯한 모습이다. 유학생 같은 사람이 있는가 하면 노동자 같은 사람도 있다. 우는 아기를 달래는 어머니도 있다. 나보다 훨씬 더 불안정한 법적 지위에 놓여, 입국관리국이라는 곳에 이미 익숙한 듯한 표정이다. 그러니까 그들은 업무 시간 훨씬 전부터 거기에 와 있었던 것이다.

이 사람들보다 나를 우선해주기를 바랄 이유는 전혀 없다. 그런 바람 자체가 부도덕한 것이다. 이제 틀렸다. 나는 또 한번 재빨리 단념했다. 그러나 거기서 얌전히 돌아가는 건 너무 화가 치미는 일이었기에 나는 그곳 직원에게 가능한 한 정중한 어투로 사정을 이야기했다.

"오늘 오후 1시 비행기를 예약했는데 무리겠지요?" 그 직원은 손목시계를 힐끗 보더니 내 망상에 등장하는 인물과 똑같이 무표정한 얼굴로 뜻밖의 말을 했다. "지금부터 서둘러 공항에 가면 시간을 맞출 수 있지 않겠어요? 1회 한정의 재입국 허가라면 공항 입국관리국에서도 받을 수 있으니까요."

그런 건 금시초문이었다. 어제 통화를 한 친구도 몰랐던 것이다. 왜 그런 중요한 정보를 눈에 잘 띄게 홍보하지 않는가. 너무 불친절하지 않은가. 나는 트렁크를 끌고 무더위를 뚫고 공항으로 돌진했다. 공항의 입국관리국에서 시말서 비슷한 서류를 쓰고 나서 1회 한정의 재입국 허가를 받아 겨우 비행기에 뛰어올랐다.

잘츠부르크 2002년 여름, 2004년 여름

다음은 망명 생활에 들어가 국적을 잃고 난민이
된 츠바이크가 쓴 감상이다.

> 여행 때마다 하는 신고, 외국환 증명, 국경 통
> 과, 체재 허가, 해외여행 허가, 체재 신고, 퇴거
> 신고 등의 법적 수속을 수년간 얼마나 많이 해
> 왔는가. 얼마나 많은 영사관과 관청의 대기실
> 에 서왔는가. 친절한 사람, 불친절한 사람, 지루
> 해 보이는 사람, 엄청나게 바쁜 사람 등 얼마나
> 많은 공무원 앞에 앉아왔는가. 국경에서 얼마
> 나 많은 검사며 심문을 경험했는가. 이 모든 것
> 을 전부 다 해보고 나서야 나는 비로소 우리가
> 젊었을 적 자유의 세기, 세계시민이 찾아드는
> 시대로 믿고 꿈꾸던 이 세기에, 얼마나 많은 인
> 간의 존엄이 상실되었는가를 감지하게 된 것이
> 다. (…) 사람들은 끊임없이 힐문받고, 등록되
> 고, 번호 매겨지고, 세밀한 조사를 받고, 스탬프
> 를 받는다.[30]

프랑스어로 이른바 '불법체류자'를 가리켜 '상파
피에'sans papier라고 한다. '종이가 없는 사람'이라는 뜻
이다. 종이와 스탬프 없이는 이동도 마음대로 할 수 없
는 사람들, 나도 그중 한 사람이다. 온갖 종이, 온갖 스

탬프가 21세기로 접어든 지금도 얼마나 많은 인간의 존엄에 상처를 주고 있는가.

이런 소동을 겪고 겨우 도착한 잘츠부르크에서는 첫날 밤부터 열이 났다. 결국 기대하고 있던 〈장미의 기사〉도 전반부만 보고 막간에 극장을 나와 호텔로 돌아오고 말았다.

죽음의 도시

며칠 후, 아직 미열이 가시지 않은 채 나는 카페 토마셀리에 앉아 에리히 볼프강 코른골트에 관한 긴 기사를 읽었다. 그의 오페라 〈죽음의 도시〉를 흡족하게 즐기고 난 다음 날이었다. 기사의 내용은 대강 다음과 같았다.

코른골트의 생애는 '뒤늦게 나타난 조숙한 천재의 비극'이라고 할 수 있다. 소년 시절 이미 말러에게 재능을 인정받고 그 부인인 알마Alma Schindler의 귀여움을 독차지했다. 그는 좋았던 시절 빈의 문화를 체현한 마지막 한 사람이었다. 그러나 유대인이었던 그는 나치에 의한 오스트리아 병합 위협을 앞두고 친구의 권유로 미국으로 건너갔다. 할리우드에서 많은 영화음악을 작곡했지만 마침내 이식에 실패한 식물이 메말라가

잘츠부르크 2002년 여름, 2004년 여름

듯 창작의 영감과 의욕을 잃었으며, 전쟁 중에는 만족할 만한 수준의 작품을 창작하지 못하는 슬럼프에 빠졌다. 전쟁이 끝나고 얼마 후 그는 오스트리아로 돌아갔다. 그러나 그곳에서 그를 키워준 문화는 이미 과거의 것이 되어버려, 이전에 그의 음악을 평가해주던 사람들은 거의 남아 있지 않았다. 그는 고향에서 한 사람의 이방인에 지나지 않는 자신을 발견했다. 무엇보다 그에게 상처를 준 것은 "코른골트 씨, 잘 오셨어요"라는 환영 인사 뒤에 자연스럽게 이어지는 다음 말이었다. "그런데 언제 미국으로 돌아가세요?" 그곳에서 태어나 그곳에서 자랐으며 그곳으로 돌아가기 위해 쓰디쓴 망명 생활을 견뎌왔는데, 그곳 사람들이 그를 향해 언제 떠나느냐고 정중하게 묻는 것이다.

나는 이 기사에서 코른골트 음악의 비밀을 읽은 기분이었다. 그의 음악에는 할리우드 뮤지컬과 같은,

에리히 볼프강 코른골트

추방당한 자들

〈죽음의 도시〉 공연 장면,
잘츠부르크, 소축제극장, 2004

감미롭긴 하되 통속적인 선율이 빈번히 등장하는데, 어느 지점에 이르면 반드시 불협화음의 균열이 개입해 커다란 움직임으로 흐느적거리며 휘어진다. 그래서 듣는 이는 선율의 감미로움에 안심한 채 빠져들 수가 없다. 그런 효과가 자아내는, 뭐라 말할 수 없는 불안감이 그의 음악의 특징이며 독특한 매력이기도 하다.

신문 지면에서 눈을 드니 열어젖힌 문을 통해 바깥의 광장이 보였다. 세계 각지에서 온 다양한 모습의 관광객들이 흥청거리며 오가고 있었다. 아이스크림을 핥으며 거리 악사의 연주에 갈채를 보낸다. 모두가 웃고 있다. 잇몸과 입 속이 춤추듯 붉게 빛난다.

평화라고밖에 형용할 수 없는 광경이건만 때때로 나에겐 그것이 코른골트의 음악처럼 휘어지고 뒤틀려 보이는 순간이 있다. 사람들의 즐거운 듯한 이야기 소리가 금속성의 잡음처럼 귀를 찌를 때가 있다. 맥락도 없이 멍하니 나는 몇 번이고 생각했다.

'여기서 장 아메리는 자살했다.' 오늘 밤도 누군가가 향락적인 오페라를 만끽한 후 가볍게 와인이라도 마시고 기분 좋게 방으로 돌아가 갑자기 목을 매는 것이 아닐까? 아메리가 자살한 곳은 어느 호텔일까? 혹시 지금 내가 묵고 있는 호텔일까? 매년 잘츠부르크에 올 때마다 확인해보려고 하면서 지금껏 못 하고 있다.

3. 세 사람의 유대인

강제와 불가능성

장 아메리의 본명은 한스 마이어Hans Mayer라고 한다. 아메리는 전후 1955년, '마이어'의 철자를 바꾸어 만든 필명이다. 1912년 빈에서 태어나, 빈대학에서 문학과 철학으로 학위를 받은 학식이 풍부한 전형적인 교양인이라 할 수 있다.

그는 1938년 나치 독일이 오스트리아를 병합했을 때, 아내와 함께 벨기에로 탈출했다. 독일군이 벨기에를 점령했을 때는 레지스탕스 활동에 참가했다가 게슈타포에 의해 체포되어 아우슈비츠로 보내졌다. 아우슈비츠에서는 모노비츠 강제노동수용소에 배치되었다. 전후에 알려진 사실이지만 같은 시기, 같은 수용소에 프리모 레비가 있었다.

1945년 4월, 북독일의 베르겐벨젠 수용소에서 해

잘츠부르크 2002년 여름, 2004년 여름

방을 맞은 아메리는 브뤼셀로 돌아가 오스트리아 국적을 취득했지만 그 후에도 계속 벨기에에 살았다. 그가 자신의 아우슈비츠 경험을 이야기하기 시작한 것은 전후 20년이나 지난 무렵이었다. 그는 1978년 잘츠부르크의 호텔에서 음독자살했다.

아메리는 전형적인 '동화 유대인'이었다고 할 수 있다. 이 점을 프리모 레비의 설명을 빌려 생각해보자.

> (장 아메리와 한스 마이어라는) 그의 두 이름 사이에는 그의 안식 없는 삶과 안식을 구하지 않는 삶이 걸쳐져 있다. 그는 1912년 빈에서 유대인이 주를 이루는 가계에 태어났다. 그러나 그의 가족은 오스트리아-헝가리 제국에 동화되고 통합되었다. 가족 중 누구도 정식으로 모양새를 갖추어 기독교로 개종하지는 않았지만, 크리스마스가 오면 반짝이는 장식을 한 크리스마스트리를 둘러싸고 축하하는 그런 가정이었다. (…) 한스는 열아홉 살까지 이디시어의 존재조차 알지 못했다. (…) 그는 스스로를 유대인이라고 생각하지 않았다. 히브리어와 유대의 전통을 모르고, 시오니즘의 가르침에 귀를 기울이지 않으며, 종교적으로는 불가지론자였다.[31]

이처럼 '유대인'으로서의 아이덴티티를 잃어버리고 오스트리아 국민으로서 또한 '독일 문화'의 적자適嗣로 자기 형성을 해온 아메리가, 어느 날 '유대인임'을 외부로부터 폭력적으로 강요당한 것이다. 1935년 어느 날, 그가 빈의 카페에서 신문을 읽고 있을 때였다.

신문에는 마침 독일에서 막 공표된 뉘른베르크 법에 대한 기사가 실려 있었다. 첫눈에 곧 그 법률이 나와 관계된 것임을 알았다. (…) 뉘른베르크 법을 읽고 난 후 내가 30분 전의 나보다 더 유대인이 된 것은 아니었다. 내 얼굴이 갑자기 유대인 같은 얼굴이 된 것도, 갑자기 히브리에 관련된 온갖 것이 번쩍 빛을 내며 생각난 것도 아니었다. 사회에 의해 나 자신에게 내려진 그 판정에 명백한 의미가 있었다면, 바로 그것 때문에 내가 영원히 죽음의 위험에 처하리라는 것이었다. 죽음인 것이다.[32]

이러한 폭력, 죽음의 위협은 당연히 모멸을 동반하고 있었다. '유대인'은 불결하고 부도덕하며 욕심 많고 신용할 수 없고 열등한 인종으로 규정되었다. 그러기에 유대인들이 모두 죽음을 선고받은 것이고 또 많은 시민들이 그 선고에 동조한 것이다. 그러기에 그 선

잘츠부르크 2002년 여름, 2004년 여름

고에 저항하려 하는 자는 또한 세간의 모멸에 저항해야 한다. "존엄의 박탈은 결국 생의 박탈"이며, "존엄은 생의 권리"이기에.

"(유대인이라는) 스스로의 운명을 받아들이는 동시에 그 운명에 저항하는" 작업을 아메리는 스스로 떠맡았다. "반항하는 유대인"으로서 이 세계에서 자신의 존엄을 인정받아야 한다. 그러기 위해서는 이쪽에서도 되받아쳐야 한다. 망명지인 벨기에서 "현실적으로 아무런 힘도 없다는 걸" 알면서도 레지스탕스에 참가한 것, 강제수용소에서 폴란드인 형사범의 폭력에 맞서 반격했다가 형편없이 두들겨 맞은 것도, 결국은 되받아침으로써 존엄을 쟁취하기 위한 행위였다.

이전에는 스스로 유대인이라고 생각해본 적 없던 그가 "유대인임을 강요당하고" 또 그것을 받아들이기로 한 것은 이런 맥락에서였다.

장 아메리

추방당한 자들

조선말도 조선 문화도 모르고 자라 '조선 사람'이
라는 것을 실감한 적도 없는 재일조선인 2세·3세 가운
데는, 그래도 '조선 사람임'을 받아들여 살아가고자 하
는 이들이 있다. 민족의식이나 애국심이 강하기 때문
이 아니다. 오히려 아메리와 비슷한 맥락에서 택한 길
이다. 즉 스스로의 존엄을 주장하기 위한 반항이다. 그
길은 쉬운 길이 아니다.

문화로부터 추방당하다

장 아메리와 프리모 레비는 아우슈비츠의 모노비츠
강제수용소에서 같은 시기를 보내고 둘 다 겨우 살아
남았다.

레비의 대표작 『이것이 인간인가』의 밑바탕에서
단테의 『신곡』 *La divina commedia*의 영향을 엿볼 수 있다.
레비는 생명을 깎아내는 듯 가혹한 강제 노동을 하던
중 알자스에서 온 동료 수인들의 간곡한 부탁을 받고
『신곡』 지옥편의 '오디세우스의 노래' 부분을 가능한
한 정확한 프랑스어로 번역해보려 한 적이 있다. 그런
데 다음 구절을 입에 올린 순간 처음으로 '나팔 소리의
울림, 신의 목소리'를 느꼈다고 한다.

잘츠부르크 2002년 여름, 2004년 여름

너희는 자신의 출생을 생각하라.
짐승처럼 사는 것이 아니라
덕德과 지知를 구하기 위해 삶을 얻은 것이다.

기억에 의존해 신곡을 암송하려고 했으나 머릿속에 새겨져 있어야 할 시구가 좀처럼 생각나지 않았다. 잊었던 시구를 생각나게만 해준다면 수용소 생활의 생명 줄이라고 할 '오늘의 수프'와 바꿔도 좋다고 생각했다는 것이다.

> 당시, 그곳에서 그 일은 지극히 중요했다. 그것은 과거와 연결된 끈을 다시 이어 나를 망각으로부터 구원하고 내 아이덴티티를 강화시켜주었다. 내 머릿속은 매일의 필요에 의해 압박당하고 있었지만, 아직 움직임을 멈추지는 않았다는 확신을 가질 수 있었다. 그것을 생각해내는 일로 인해 이야기를 듣는 쪽에게도 나에게도 나 자신의 가치를 고양시켰다고 느꼈다.[33]

여기서 레비가 말하는 '아이덴티티'란 어떤 것일까. '오디세우스의 노래'가 트로이전쟁으로부터 귀환을 노래한 것임을 생각하면, '증인'으로서의 아이덴티티를 첫째로 꼽을 수 있을 것이다. 레비 스스로도 "단

추방당한 자들

순히 살아남기 위해서"가 아니라(대다수는 이와 같은 생각이었다) "우리가 경험하고 참아내야만 했던 것들을 이야기하기 위해 살아남는다는 명확한 의지가 나를 도왔을 것"이라고 말한 바 있다.

둘째로는, '덕과 지'를 구하는 '인간'이라는 아이덴티티가 있을 것이다. 끝없이 '짐승'으로 전락해갈 수밖에 없는 수용소의 일상에서, 그는 어느 순간 번개를 맞은 것처럼 자신이 '인간'이었음을 기억해냈다. 『신곡』에서 베르길리우스는 '이성'을, 베아트리체는 '신학'을 뜻한다. 레비는 '이성'의 인도로 지옥을 빠져나오는 단테에게서 자신의 모습을 보았는지도 모르겠다. 서구의 계몽주의적 인간관이 철저히 파괴된 곳 아우슈비츠에서, 그는 기억 속 단테를 통해 '인간'인 자신을 재발견했던 것이다.

셋째는 '이탈리아인'으로서의 아이덴티티이기도 할 것이다. 단테는 『신곡』을 일반 서민도 읽기 쉬운 토스카나어로 썼다. 토스카나어는 오늘날 '이탈리아어'라고 불리는 언어의 시작이며, 근대 이탈리아 국어의 기초가 된 말이다. 즉 여기서 레비는 아마도 무의식적으로 '이탈리아어'를 모어로 하는 집단, '이탈리아인'의 일원으로 자신을 재인식하고 있는 것이다.

이렇듯 레비는 단테의 시구를 암송하는 행위를 통해 '증인', '인간', '이탈리아인'이라는 삼중의 아이덴

잘츠부르크 2002년 여름, 2004년 여름

티티를 확인했다.

　나아가 여기에 '유대인' 아이덴티티가 겹쳐 놓인다. 그의 경우는 전통적인 유대교 공동체나 이디시어 문화와 연결된 동구 유대인과는 다르다. 이탈리아에서 뉘른베르크 법을 모방한 인종법이 반포된 것은 1938년의 일인데, 그 이전까지 레비에게 유대인으로서의 자의식은 극히 희박했다. '유대인이라는 것'을 "코가 휘었다든가 주근깨가 있다든가 하는, 웃어넘길 수 있는 사소한 차이"라고 생각했다. 그것은 출생의 먼 기억, 사라져가는 관습과 문화의 다른 이름일 뿐이었다.[34]

　아우슈비츠에서 유럽 곳곳으로부터 끌려와 서로 말도 안 통하고 관습도 다른 '유대인'들 속에 던져 넣어진 후에야, 자신이 '유대인'으로 분류되는 존재임을 뼈저리게 깨달았던 것이다.

　이런 사정은 장 아메리도 마찬가지였다. 그는 "반유대주의가 있기에 유대인인 내가 태어났다"고 했다. 레비도 아메리도 모두 '아우슈비츠라는 강제적 상황'을 통해 '유대인이 되었다'. 그렇다면 둘을 갈라놓는 것은 무엇일까?

　레비는 아우슈비츠에서 살아남는 데 "교양이 도움이 되었다"고 했다. 그러나 아메리의 경우는 달랐다. 아메리는 자신을 포함해 독일 문화 속에서 자아를 형성한 유대 지식인이 아우슈비츠의 삶을 살아가는 데 있어, '정신'은 사회적 기능을 다하지 못했을 뿐 아니라 다른 모든 면에서도 완전히 무능했다고 기억한다.

왜냐하면 내가 의지하려고 하는 기반이란 기반은 전부 적의 것이었기 때문이다. 예를 들면 베토벤. 그 베토벤을 베를린에서 푸르트뱅글러Wilhelm Furtwängler가 지휘하고 있었다. 그리고 대지휘자 푸르트뱅글러는 제3제국의 명사였다. (…) 중세 메르젠부르크Mersenburg의 격언시에서 현대 고트프리트 벤Gottfried Benn의 시에 이르기까지 17세기 교회음악 작곡가 디트리히 북스테후데Dietrich Buxtehude에서 리하르트 슈트라우스에 이르기까지, 정신의 유산과 미적 자산은 고스란히 적의 수중에 있었다. 어느 날 수용소에서 한 남자가 직업이 무엇이냐고 물었을 때 어리석게도 '독일문학가'라고 순순히 대답했다. 결국 나는 친위대원으로부터 불같은 노여움을 사, 반죽음이 되도록 맞았다.[35]

이탈리아의 유대인은 19세기 중반의 국민국가 형성과 때를 같이해 '이탈리아 국민'으로 사회에 통합되었다. 레비와 같이 이탈리아어를 모어로 하는 동화 유대인은 모어·모국어·국민 삼자를 잇는 등식에 의해

잘츠부르크 2002년 여름, 2004년 여름

'이탈리아인'으로서 아이덴티티를 형성했다. 아우슈비츠로부터 풀려난 후 레비는 망설임 없이 고향 토리노로 돌아갔는데 그것은 모어 공동체가 파괴되지 않은 채 그의 귀향을 기다리고 있었기 때문이다. 아메리의 경우는 어땠을까. 그가 열거한 베토벤에서 리하르트 슈트라우스에 이르는 '정신의 유산과 미적 자산'은 레비에게 있어서 단테나 다빈치 같은 것이었으리라. 어린 시절부터 익숙하게 접해온 문화, 자아 형성에 바탕이 된 문화. 학문이나 예술뿐 아니라 미감과 미각, 심지어는 '젓가락을 올리고 내리는' 것과 같은 몸에 스민 습관에 이르기까지 자신을 자신이게 하는 문화. 그것을 '모어'라는 표현을 빌려 '모문화'라 부를 수 있다면 아메리의 경우는 '모문화'가 고스란히 나치와 그 추종자들에 의해 점령되어버린 것이다.

　　나치즘은 모어·모국어·국민을 엮는 국민주의의 등식에 '아리아인'이라는 인종주의 개념을 연결했다. 독일어를 모어와 모국어로 하는 것이 '독일 국민'이며, 동시에 '아리아인'이어야만 하는 것이다. 이 등식 앞에서 '비非아리아인'은 국민이라는 틀뿐만 아니라 '모어'나 '모문화'로부터도 추방될 수밖에 없다. 아메리는 '자기 자신임'에서, 즉 자기의 아이덴티티로부터 추방당했던 것이다. 따라서 아메리에게 향수란 자기소외나 다름없는 것이었다.

전후 오스트리아는 나치즘의 피해자를 가장해 떳떳치 못한 과거를 감추어왔다. 제3제국에 의한 병합을 환영했던 자들이 마치 아무 일도 없었다는 듯한 얼굴로 살고 있다. 아메리는 잘츠부르크에서 자살했다. 오스트리아에서 태어난 그에게 특별한 곳이었음에 틀림없다. 자신이 태어난 나라에서 자기 것일 수도 있었을 '문화'의 한가운데서 고립된 이방인이 스스로 목숨을 끊었던 것이다.

오직 언어를 모국으로 삼아

파울 첼란Paul Celan은 브레멘 문학상 수상 인사에서 이런 말을 남겼다.

> 갖가지 손실 가운데서 오직 그것, 곧 언어만이 다른 이에게 가닿을 수 있는 것으로, 내 곁에 있는 것으로, 상실되지 않은 것으로 남았습니다.

첼란은 장 아메리를 알고 있었다. 나는 이 사실을 독문학자 기타 아키라北彰의 논문을 통해 알았다. 아메리의 『죄와 속죄의 저편』이 간행된 것은 1966년이다. 기타의 연구에 따르면 같은 해 10월 30일, 첼란은 취리

잘츠부르크 2002년 여름, 2004년 여름

히를 여행하던 중에 이 책을 샀다. 그리고 다음 구절에
밑줄을 그었다고 한다.

> 긍정적인 자기규정을 할 수 없는 유대인, 곧 파
> 국에 처한 유대인은 세계에 대한 믿음을 결여
> 한 채 이 세계에 적응해가지 않으면 안 된다.

구입한 지 사흘 후인 11월 1일 책을 독파했다는 메
모와 함께 첼란 자신의 감상을 적은 구절이 쓰여 있다.

> 고향…… 내 경우는 어떤가? 나는 고향(집)에
> 있었을 때조차 한 번도 내 집에 있다고 느끼지
> 못했다.

여기서 '고향'은 출생지 체르노비츠(현재 체르니우
치)와 당시 살고 있던 자택, 두 가지 해석이 가능하다.
당시 첼란은 파리에 살고 있었다.

1998년 여름, 나는 파리에서 이 시인의 발자취를
따라 걸었다. 그가 파리에 흘러든 1948년 당시에 살았
던 소르본대학 근처의 하숙집. 1957년부터 가족과 함
께 살았던 16번지 롱샹가의 집. 1969년부터 세상을 떠
나는 날까지 혼자서 살았던 15번지 에밀졸라가의 집.
1970년 4월 19일부터 20일 사이에 그가 몸을 던진 미

라보 다리. 미라보 다리 위에서 들여다본 센강은 그 풍
만한 물결이 오히려 거친 격류와도 같이 느껴졌다.

1998년 봄에 간행된 『첼란 연구의 현재』ツェラ-ン硏
究の現在에 실린 아이하라 마사루相原勝가 찍은 사진들을
길잡이로 돌아보았다. 그렇지 않았다면 도저히 그 짧
은 시간에 다 볼 수 없었을 것이다. 왜 그런 여행을 했
는지 물어도 대답하기 어렵다. 나의 최종 목적지는 파
리의 남쪽 교외, 오를리 공항에서 가까운 티에의 공동
묘지였다. 거기에 첼란의 무덤이 있다.

파울 첼란은 1920년 동유럽 부코비나 지방의 체르
노비츠에서 태어났다. 이 지방은 18세기 후반까지는
오스만튀르크, 그 이후는 합스부르크제국의 지배를 받
았으며, 제1차세계대전 후 루마니아령이 되었다. 첼란
이 태어난 것은 루마니아령이 된 직후였다.

합스부르크제국 시대 부코비나는 우크라이나인,

파울 첼란

잘츠부르크 2002년 여름, 2004년 여름

루마니아인, 유대인, 독일인, 폴란드인, 헝가리인 그 밖의 여러 민족이 대립적 요소를 품은 채 공존하는 다민족·다언어·다문화 지역이었다. 그 주도인 체르노비츠에서는 유대인이 상대적 다수파였고, 그들의 언어는 독일어였다. 루마니아령이 된 후 정부는 늘 루마니아어를 국어로 하는 정책을 강요하려고 했으나 온전히 성공하지는 못했다.

또한 그곳은 히브리어, 이디시어, 유대교, 유대 공동체의 전승이나 우화 등, '유대 문화'가 풍요롭게 깃든 지역이기도 했다. 이와 같은 유대 문화의 배경은 서구의 동화 유대인인 레비에게는 없었으며 아메리에게서도 이미 상실된 것이었다.

첼란의 어머니는 독문학을 애독한 교양인으로 독어 교육, 그것도 부코비나 지방의 방언이 아니라 '올바른 표준 독일어' 교육을 중요하게 여겼다. 첼란이 "가능한 한 순수한 독일어를 모어로서 지니면서, 지적인 직업을 갖고, 명예롭고 유복하게 살기를 바랐기" 때문이었다. 이처럼 독일어는 글자 그대로 모친으로부터 그에게로 주입되어, 그의 '모어'가 되었다.

그런 한편, 아버지는 열렬한 시오니스트였다. 첼란은 소학교 첫 1년간 독일어로 수업하는 학교에 다녔지만, 김나지움에 입학하기 전 3년간은 히브리어로 수업하는 다른 학교에 다녔다. 아버지는 그에 만족하지 않고 가정교사를 붙여 첼란에게 히브리어를 가르쳤다. 그는 아버지의 권위주의에 반항했으나 이디시어의 전 승이나 우화에는 흥미와 애착을 보였다. 나중에 루마 니아 국수주의 색채가 짙은 김나지움에서 교사가 수 업 중에 이디시어를 무시하자 첼란은 "이디시어 전통 에는 훌륭한 문학이 많습니다"라고 대꾸했다.

부코비나라는 지역의 특성과 개인의 천재성에 힘 입어 첼란은 독일어, 히브리어, 이디시어 외에 루마니 아어, 프랑스어, 러시아어 등에도 정통하게 되었다. 그 러나 그는 곧잘 이런 말을 했다고 한다.

> 다양한 외국어에 대한 충분한 지식이 있고 새 로운 언어를 쉽사리 익히는 재능은 있지만 나 는 모어 이외의 언어로 시를 쓰려는 생각은 한 번도 해보지 않았다.

제2차세계대전이 발발한 다음 해, 1940년 6월 소 련군이 체르노비츠를 점령했다. 소련군은 4,000명의 '의심스러운 분자들'을 시베리아로 강제 이송했는데 그 절반이 유대인이었다. 1941년 7월 이번에는 나치 독일과 동맹을 맺은 루마니아군이 체르노비츠를 점령 했다. 체르노비츠에 도착한 독일군은 조직적인 유대 인 박해를 시작해 유대인은 시민권을 빼앗기고 약 4만

잘츠부르크 2002년 여름, 2004년 여름

5,000명이 게토에 갇혔다. 이와 함께 많은 유대인이 트란스니스트리아라는 지역으로 강제 이송되었다. 첼란의 부모는 남南부크강 유역의 강제수용소로 이송된 후거기서 살해됐다.

첼란 자신은 수용소로의 이송은 면했으나 타바레슈티라는 마을에서 도로 공사 등의 강제 노동에 투입되었다. 그동안 그는 수첩과 종이쪽지에 시를 써 애인 루트 라쿠나에게 보냈다. 시를 쓰는 것, 그것이 언젠가 시집으로 엮이리라는 꿈이 지옥을 견디는 데 힘이 되었음은 말할 나위도 없다. 그가 경험한 강제 노동은 의심할 바 없이 가혹한 것이었으나 레비나 아메리의 입장에서 보면 부러워할 만한 것이었다. 수첩과 종이, 필기구를 지니고 시를 쓴다는 것은 아우슈비츠에서는 상상조차 할 수 없는 사치였다.

1944년 소련군이 재차 체르노비츠를 점령하고 무사히 종전을 맞은 첼란은 부쿠레슈티로 옮겨 출판사에 근무하면서 본격적으로 시를 쓰기 시작했다. 그러나 그 시는 독일어로 쓴 것이었다. 아메리와 마찬가지로 그의 모어는 '적의 것'이 되어버렸다. 전쟁과 강제수용소의 경험이 가장 직접적으로 쓰인 초기의 대표작「죽음의 푸가」첫머리를 인용한다.

새벽의 검은 우유 우리는 그걸 저녁마다 마신다

우리는 낮마다 아침마다 그걸 마신다 우리는
　　밤마다 그걸 마신다
우리는 마시고 또 마신다
우리는 공중에 무덤 하나를 판다 그곳에선 비
　　좁지 않게 누울 수 있다
한 남자가 집 안에 살고 있다 그는 뱀과 더불어
　　논다 그는 편지를 쓴다
날이 어두워지면 그는 독일어로 편지를 쓴다
　　너의 금빛 머릿결 마르가레테
그는 이렇게 쓰고 집 밖으로 나온다 별들이 반
　　짝인다 그는 휘파람을 불며 자기 사냥개
　　들을 불러 모은다
그는 휘파람을 불며 유대인들을 불러낸다 땅에
　　무덤 하나를 파게 한다
그는 우리에게 명령한다 자 무도곡을 연주하라

티에의 묘지

1947년 12월, 첼란은 빈으로 향했고 반년 후 파리에 정
착했다.
　　그때 첼란에게는 물론 프랑스 시민권이 없었다. 그
가 프랑스 국적을 취득한 것은 1955년이었다. 1952년

그는 프랑스 귀족 가문 출신의 판화가 지젤 드레스트랑주Giselle de Lestrange와 결혼하는데, 지젤 집안의 반대로 상당한 곤란을 겪었다. 프랑스 국적도, 정해진 직업도 없고, 근본도 알 수 없는 동구에서 온 방랑자, 그것도 유대인과의 결혼을 가족이 반대한다는 건 세간의 상식으로 볼 때 당연한 일이었다.

지젤과의 결혼이 성사되고 1959년에는 사범학교에 취직했으나 생활은 안정되지 않았으며 그 무렵부터 신경증 징후를 보이기 시작했다. 1962년 첫 발작으로부터 1970년 자살에 이르기까지 첼란은 적어도 다섯 차례 입원했고 두 차례 자살을 기도했다.

첼란에게 모어란 말 그대로 '모친으로부터 주어진 말'이었다. 시인이 생활했던 망명지 파리에 그의 모어를 이해하는 독자는 거의 존재하지 않았다. 한편 그와 모어를 공유하는 사람들이 사는 독일이라는 나라는 신경을 쇠약하게 만드는 장소일 뿐이었다.

첼란은 1952년에 전후 처음으로 (당시의) 서독을 방문했고, 1954년부터는 매년 독일을 방문한다. 1957년 브레멘의 낭송회에서는 청중의 질문이 '반유대주의적'이라 느껴 흥분한 상태로 회장을 뛰쳐나온 일도 있었다고 한다.

1958년 첼란은 브레멘 문학상 수상 기념 강연에서 시를 '투담통신'投壜通信에 비유했다. 편지를 넣은 병을 바닷속에 던지듯 낯선 땅, 미래의 독자에게 전달될지 모른다는 일말의 희망 속에서 시도하는 통신이라는 의미다. 그러나 이는 바꿔 말하면 지금 눈앞에 있는, 독일어를 이해하는 사람들에게 자신의 시가 받아들여질 리 없다는 뜻이기도 하다. 그는 '수신자'가 없는 시인이었다.

독일어는 그에게 특정 국가의 국어를 의미하지 않았다. 그에게 '모어 공동체'는 국어를 공유하는 국민 공동체가 아니라, 다언어·다문화의 영역에서 문자 그대로 언어를 공유하는 자들의 정신적인 연결고리를 의미했다. 그의 '모어 공동체'는 파괴되고 소멸했다. 그의 어머니가 수용소에서 죽임을 당했듯이.

그의 광기는 어떤 언어를 특정한 국민이나 국가와 단순하게 묶으려는 사상, 즉 '국어 이데올로기'에 대한 가장 근본적인 거부였다고 하겠다. 자신이 태어나 자란 다언어·다문화의 영역이 여러 국가적 폭력에 의해 파괴되고 정신적 연결고리로서의 '모어 공동체'가 소멸한 후에도, 시인은 모어 그 자체를 자신의 '모국'으로 삼아, 또 시를 쓰는 행위 그 자체를 '모국'으로 삼아, 끝없이 방랑했다. 근대 국민국가 시대의 머나먼 피안에 내던져진 듯한 첼란의 언어 행위, 그 시야말로 바로 "아우슈비츠 이후의 시"라고 부를 수 있는 것이다. 「귀향」이라는 작품을 보자.

잘츠부르크 2002년 여름, 2004년 여름

점점 촘촘히 내리는 강설降雪
어제처럼 비둘기 빛으로
네가 아직까지 잠자듯 내리는 강설

드넓게 깔린 흰빛
그 너머 한없이
잃어진 자의 썰매 자국

그 아래로 감추어져
두 눈을 그리도 아프게 하는 것이
비져 나온다
보이지 않는
무덤, 또 무덤

무덤마다
오늘이라는 고향으로 되돌아와
무언無言으로 미끄러진 자아
나무 비목碑木 하나

그곳에 얼음 바람에 실려 온
느낌 하나,
그 비둘기 빛, 눈빛
깃발을 꼭 달고

추방당한 자들

더위에 모든 것이 타버릴 것만 같던 1998년 여름의 어느 오후, 나는 티에의 공동묘지를 방문했다. 지하철 7호선의 종점 뷔르쥐프역에서 버스로 10분쯤 걸리는 곳이었다. 광대한 부지가 질서 정연하게 구획되어 있었다. 첼란의 무덤은 31구획 12열 39번이었다. 이렇다 할 특징은 없었으나 누가 뿌렸는지 묘석 위에 선명한 푸른빛의 라피스라줄리lapis lazuli 조각들이 흩어져 있었다.

평평한 묘석에는 세 사람의 이름이 새겨져 있다. 제일 위에는 프랑수아 첼란, 1953년에 태어나 곧 죽은 아들이다. 가운데는 파울 첼란, 맨 아래는 아내인 지젤 첼란.

첼란이라는 성姓은 아메리의 경우와 마찬가지로, 본래의 성인 '안첼'Antschel의 철자를 첼란 자신이 고쳐 만든 것이다. 묘비에 새겨진 것은 그 직접 만들어 붙인

파울 첼란의
무덤

잘츠부르크 2002년 여름, 2004년 여름

성이었다. 그것을 나는 내 눈으로 확인하고 싶었다.

무덤이 갖는 기능 중 하나는 고인의 계보를 기록해 후세에 전하는 것일 테다. 그러나 첼란의 무덤에 새겨진 것은 성조차 전승된 것이 아닌 인위의 것이다. 계보로부터 차단된 존재의 무덤다운, 어제도 내일도 없이 소속할 공동체도 없이 홀로 뚝 떨어져 고립된 무덤이었다.

코리안 디아스포라 아트

파울 첼란이 태어나 자란 부코비나라는 곳은 합스부르크제국 주변부에 위치하고 있었다. 그러기에 제국의 붕괴와 근대 국민국가 형성의 격랑에 몇 번이나 휩쓸렸다. 제2차세계대전 이후에는 소련과 루마니아로 분할되고, 소련이 붕괴한 뒤에는 우크라이나와 루마니아로 양분된 상태다.

19세기부터 20세기에 걸쳐 신흥 제국주의 열강이 벌인 세계 분할 전쟁 중에 합스부르크, 오스만튀르크, 러시아, 청나라 등 전근대 대제국이 잇달아 몰락했다. 파국적인 세계대전을 누 번이나 겪었다. 국가의 경계가 대규모로 바뀌었고 그때마다 주변부 인간들은 제 의사와 상관없이 국가의 틀 안으로 끌려들어 가거나 밖으로 내동댕이쳐지곤 했다. 경계란 그저 지리상의 국경만을 의미하지는 않는다. 근대 국민국가가 국어 이데올로기와 불가분의 것이었던 만큼 사람들은 여러 언어의 경계에서 우왕좌왕하게 되었으며, 여러 언어의 균열을 개인의 내면에까지 새겨야 했다.

　일본이 과거에 행한 식민 지배와 전쟁에 의해서도 많은 사람들이 그 같은 경험을 강요당했다. 일본의 조선 식민 지배에서 교육의 목적이란 '교육칙어'敎育勅語에 따라 조선 사람을 '충성스러운 국민'으로 육성하는 것뿐이었다. 그리고 그 중심에는 국민교육, 즉 일본어 교육이 놓여 있었다. 조선어를 모어로 하는 약 2,000만 명의 국어가 하룻밤 사이 일본어로 정해진 것이다. 1930년대 후반이 되면 교육 목표는 '충성스러운 황국신민'의 육성으로 구체화해 조선어 교육의 전면적 금지, '황국신민의 서시' 암송, 궁성요배·신사참배 엄수, 창씨개명 등 황민화 정책을 강행했다.

　이 시대에 학교 교육을 받은 세대의 많은 조선 사람들은 모어인 조선어와 국어인 일본어에 몸이 분열된 채 살았다. 한편 재일조선인 2세인 나는 모어가 과거 식민 지배자의 언어라는 것, 태어날 때부터 본래 모어여야 할 조선어를 빼앗긴 상태라는 것을 늘 거북하게 의식하며 살고 있다.

　2004년 11월 27일과 28일 내가 재직하고 있는 도쿄게이자이대학에서 '디아스포라 아트의 현재'라는 국제 학술 심포지엄이 열렸다. 목적은 "포스트 식민주의 시대에 문화가 단절·계승·변용·발전하는 양태를 '디아스포라'와 '아트'가 교차하는 지점에서 고찰한다"는 것이었다.

심포지엄의 시선은 주로 코리안 디아스포라에게 집중되었다. 과거 한 세기 동안에 조선반도에서 세계 각지로 이산하게 된 조선인들, 재일조선인, 중국의 조선족, 스탈린 시대에 중앙아시아로 보내진 구소련의 '고려인=카레이스키', 오늘날 200만 명 이상에 달하는 코리안 아메리칸, 1960년대 당시의 서독 정부가 정책적으로 받아들인 이주노동자의 자손으로 현재 독일에 살고 있는 수만 명의 코리안, 그리고 한국이 국가적으로 추진해온 국제 입양의 결과 현재 20만 명이 넘는 코리안 입양자들. 이 전부를 합한 코리안 디아스포라는 대략 600만 명으로 추정된다. 1970년대에 간호사로 독일에 가 그곳에서 미술을 배운 아티스트 송현숙[36], 재일조선인 여성 오하지, 황보강자, 일본 도쿄에 있는 조선대학교 미술과 연구생 세 명, 이 책의 2장에서 언급한 다카야마 노보루, 그리고 본 심포지엄의 아트디렉터 시마다 요시코Yoshiko Shimada 등. 심포지엄에 참가한 다채로운 아티스트들 각각의 작품과 상황에 대해 이야기하고 싶은 것들은 많지만 지면상 어려운 일이다.

그중 한 사람인 미희 나탈리 르무안Mihee-Natalie Lemoine은 태어나 얼마 안 돼 벨기에에 입양되었고 프랑

abandoned, adoptable, adaptable,
blessed, clever, chosen,
cheap, documented, filed,
heritage, invisible, jaded,
kimchified, left-overs, manipulated,
nicely, orphaned, quiet,
rules, surely, transcribed,
up, vantage, (in) won,
xeroxed, yin & yang, zen...

〈백인-100인〉100 White Koreans,
미희 나탈리 르무안, 2003 ⓒ Mihee-Natalie Lemoine

스어를 모어로 익히며 자랐다. 백인 사회에서 성장한 많은 코리안 입양아들은 양부모나 지역사회의 오리엔탈리즘과 인종차별에 시달린다. 자신들의 노란 얼굴은 "부모로부터도 나라로부터도 버림받은 존재임을 나타내는 낙인"이라고 말한 입양아가 있었다. 미희 역시 자신의 출신을 알아내 존엄을 회복하고 싶다는 갈망을 지닌 채 열여섯 살 때 양부모의 집을 나왔다. 자립해 생활하면서 예술을 배웠고 처음으로 제작한 단편영화에는 코리안 입양아가 베트남풍 밀짚모자를 들고 등장한다. 그것은 농담이나 패러디가 아니다. 작가 자신이 당시에는 조선 문화와 베트남 문화의 차이조차 알지 못했던 것이다.

그녀는 1993년 이후 서울을 거점으로 한국에서도 단순히 '외국인'으로밖에 취급되지 않는 국제 입양자들의 권리 찾기 운동을 계속해왔다. 그녀는 자신의 경

단편영화
〈입양〉Adoption의
한 장면,
미희 나탈리
르무안, 1988
ⓒ Mihee-Natalie
Lemoine

에필로그

Defining Moments

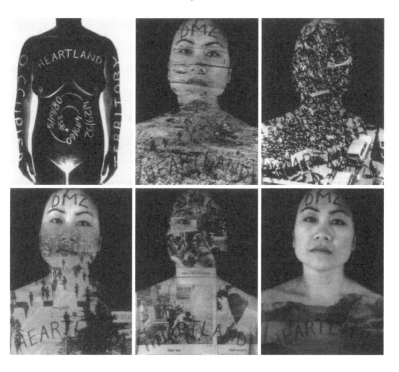

〈결정적 순간들〉, 민영순, 1992 ⓒ Yong Soon Min

혐을 국가·인종·문화라는 세 국면의 인종차별과 벌인 싸움이었다고 규정한다.[37]

2002년 광주비엔날레에서 '코리안 디아스포라전'의 큐레이터였던 캘리포니아대학 어바인 캠퍼스의 민영순 교수. 그녀의 대표작은 자신의 몸에 1950년의 '조선전쟁', 1960년의 '4월혁명', 1980년의 '광주민주화항쟁', 1992년의 이른바 'LA폭동' 같은 '결정적 순간'의 영상을 투영한 것이다.

강한 인상을 남긴 작가를 한 사람 더 들면 캐나다에 살고 있는 데이비드 강David Kang을 빠뜨릴 수 없다. 한국에서 태어나 어렸을 때 이민을 간 데이비드 강은 캐나다에서 심리학·신학·건축·치과학을 공부했고, 그 후 한국에 들어와 서도書道와 미술을 공부했다. 그의 퍼포먼스는 소의 혀를 입에 물고 붓처럼 사용해 지면을 손과 발로 기어가면서 길게 흔적을 남기는 것이다. 작가 자신이 이 퍼포먼스에 붙인 설명은 지극히 간단하다. "아트·언어·문화의 관계와 그 관계에 담긴 역사석·정치적 의미를 파헤치고 싶다."

11월 27일 오후 3시, 50명 정도의 관중이 지켜보는 가운데 상반신을 드러낸 데이비드 강은 자신의 입 가득 소의 혀를 넣어 단단히 물었다. 날 것으로, 무게가 2~3킬로그램은 족히 된다. 그 혀에 먹, 모터오일, 케첩을 섞은 액체를 가득 묻혀 캠퍼스 안뜰에 길게 깔

〈입을 위한 선〉Zen for Mouth,
데이비드 강, 2003

린 종이 위를 천천히 기어가기 시작했다. 입이 막혀 있는 만큼 호흡도 힘들다. 전신에서 땀이 솟는다. 퍼포먼스는 금세 고행의 양상을 띠기 시작한다. 혐오감을 나타내거나 웃는 사람도 있을 거라고 예상했는데 사람들은 모두 숨을 삼킨 채 주시하고 있다.

사실 데이비드 강을 심포지엄에 초청하는 것에 대해 단지 별난 악취미가 아닌가 하며 의구심을 표하는 의견도 있었다. 그러나 그를 부르겠다는 내 마음은 흔들리지 않았다. 김하일이 생각났기 때문이다.

김하일은 재일조선인 1세 시인이다. 1926년 경상남도에서 태어나 먼저 일본에 건너온 아버지를 찾아 1939년에 도일했다. 과자 공장에서 일하면서 야학에 다니다가 1941년 한센병이 발병해 국립요양소에 수용되었다. 해군 군무원으로 소집된 큰형은 전사했다. 해방 후 가족과 친척 가운데는 한국으로 귀환한 사람도 있고 죽은 사람도 있었다. 그는 군마현의 구리오 요양원에 격리되어 고독한 삶을 살았다.

지문 찍을 손가락이 없어 외국인등록증에 나의
지문이 없어.

김하일의 이야기다. 1947년 외국인등록증이 발급되어 재일조선인과 대만 사람 등 구식민지 출신자는 물론 여전히 일본 국적을 가지고 있던 사람들마저도 일제히 외국인으로 간주되었다. 그에 따라 등록증에 지문 날인을 해야 하는 의무도 부과되었다. 그러나 김하일의 경우 병으로 손가락을 잃어 지문을 찍으려 해도 찍을 수가 없었던 것이다.

이렇게 '외국인'으로 간주된 재일조선인은 국민연금법 적용 대상에서 제외되는 등 복지 정책에 있어서도 사각지대에 놓였다. 그 때문에 김하일과 같은 재일 외국인들은 부당하게도 일본인과 차별적인 대우를 받게 되었다. 같은 요양소 환자면서 한편은 부식에 계란과 설탕을 먹을 수 있는데 다른 한편은 못 먹는 것이다.

김하일은 1949년 양쪽 눈을 실명했다. 1952년에 혀로 점자 읽는 법을 배우기 시작했다. 한센병 환자 대다수는 손가락 끝의 감각을 잃고, 병세가 악화되면 그 손가락조차 잃어버린다. 그렇게 되면 점자도 손가락으로는 읽을 수 없어 아직 감각이 남아 있는 혀끝으로 읽는 것이다. 그 처절한 연습의 과정을 김하일 자신은 다음과 같이 이야기하고 있다.

(일본어의) 50음도를 점자로 쳐달라고 해 혀로 핥아보았지만 어쨌든 처음엔 아무것도 느끼지 못해요. 그래서 계속하고 있으면 어깨는 결리지, 눈은 빨갛게 충혈되지, 눈물은 뚝뚝 떨어지

지, 침은 나오지, 종이는 금세 끈적끈적해져요.
그래서 젖어도 점자의 점이 지워지지 않는 종
이를 쓰는 거지요. 예를 들자면 그림엽서라든
가, 달력의 표지라든가 말이에요. 그런 종이에
점자를 쳐주면 처음엔 매끌매끌하던 게 조금
있으면 딱딱해져 구멍이 난단 말이지요. 그래
서 이렇게 하고 있으면 (혀를 내밀고 고개를 흔
들며) 젖어서 미끈미끈해져요. 언제나처럼 침
이겠지 하고 핥고 있으면 눈이 보이는 사람이
보고 '어어 이봐, 피가 나와' 하는 거예요. 혀끝
에서 피가 나오는 거지요.[38]

혀를 피투성이로 만들면서 김하일이 익힌 것은 일
본 점자뿐이 아니었다. 그 후 그는 조선어 점자도 같은
방법으로 배웠다.

점자본의 내 나라 조선의 민족사를 오늘도 혀
끝이 뜨거워질 때까지 읽었다.

그는 재일조선인이라는 것, 또 한센병 환자라는
것 때문에 이중의 차별을 받아왔다. 국가에 의해 이유
없는 강제격리까지 당했다. 가족과 형제를 빼앗기고,
조선말을 빼앗기고, 시력을 잃고, 손가락까지 잃었다.

그 당사자가 비유가 아닌 글자 그대로 피나는 노력을 통해 문자를 습득해 역사를 배우고 자신이 누구인가를 말할 언어를 획득한 것이다.

모어 공동체로부터 떼어져 다른 언어 공동체로 유랑해간 디아스포라들. 그들은 새롭게 도착한 공동체에서 항상 소수자의 지위에 놓여, 거의가 지식과 교양을 익힐 기회마저도 박탈당한다. 그런 곤란을 극복하고 언어를 쓸 수 있게 되더라도 그것을 해석하고 소비하는 권력은 언제나 다수자가 쥐고 있다. 그 호소가 다수자에게 편안한 것이라면 상대해주지만, 그렇지 않을 경우에는 차갑게 묵살해버리는 것이다.

김하일의 아직 끝나지 않은 고난의 나날들. 나는 데이비드 강의 퍼포먼스를 보며 유랑하는 디아스포라들의 고난의 여정을 연상했다. 데이비드 강이 기어 앞으로 간 거리가 40~50미터쯤에 이르렀을 때 누구나 거기서 퍼포먼스가 끝날 것이라고 생각했다. 보고 있는 쪽이 이제 긴장에서 풀려나기를 바란 것이다.

그런데 그는 방향을 바꾸어 긴 거리를 기어 되돌아가기 시작했다. 어깨와 배가 고통으로 파도친다. 기어 지나간 자리에는 피로 그린 듯한 흔적이 중간중간 끊길 듯 이어진다. 이를 지켜보던 한 여성이 눈물 어린 눈으로 작게 말했다. "아, 이제 그만해요……."

이라크, 팔레스타인, 체첸, 수단 등 세계 각지에서

부조리한 파괴와 폭력이 끊임없이 이어지고 있다. 한반도에서는 전쟁의 불안이 높아간다. 일본에서도 전쟁 준비가 착착 진행되고 있다. 또 새로운 디아스포라가 태어날 것인가.

울면서 황야를 가로지르는 사람들의 기나긴 행렬이, 신기루처럼 내 시야에 들러붙어 떨어지지 않는다.

인용 출처

1   『世界大百科事典』, 平凡社, 1981.
2   田中克彦, 『ことばと國家』, 岩波新書, 1981.
3   プリ-モ·レ-ヴィ, 『プリ-モ·レ-ヴィは語る』, 多木陽介譯, 靑土社, 2002.
4   ハンナ·ア ―レント, 『パ-リアとしてのユダヤ人』, 寺島俊穗, 藤原隆裕宣譯, 未來社, 1989.
5   ばく·いる, 「生きて, 愛して, そして死んだ―新井將敬の遺言狀」, 『ほるもん文化 8』, 新幹社, 1998 참조.
6   Benedict Anderson, *Imagined Community*, Verso, 1983.
7   같은 책.
8   Ernst H. Kantorowicz, "Pro Patria Mori in Medieral Political Thought", *The American Historical Review Vol.56 No.3*, Indiana University Press, 1951.
9   明石正紀, 『第三帝國と音樂』, 水聲社, 1995.
10 金哲, 「韓国の民族-民衆文学とファシズム: 金芝河の場合」, 《現代思想》, 靑土社, 2001年12月號 재인용.
11 徐京植, 『分斷を生まゐ』, 影書房, 2001 참조.
12 徐京植, 「在日朝鮮人は '民衆'か?」, 『半難民の位置から』, 影書房, 2002 참조.
13 서승, 『옥중 19년』, 김경자 옮김, 역사비평사, 1999 참조.
14 吳己順さん追悼文集刊行委員會編, 『朝を見ることなく: 徐兄弟の母 吳己順さんの生涯』, 吳己順さん追悼文集刊行委員會, 1980 참조.
15 Frantz Fanon, *Les Damnés de la Terre*, François Maspero

Éditeur S.A.R.L., 1961.

16 『シリン·ネシャット展』, 金澤市現代美術館, 2001.

17 「圖錄收錄のインタビュ」, 『シリン·ネシャット展』, 金澤市現代美術館, 2001.

18 『高山登展圖錄』, リアスアーク美術館, 2000.

19 テッサ·モーリス-スズキ, 「朝鮮人'歸國'事業で新資料」, 『朝日新聞』, 2004年 9 月21日 참조.

20 하리우 이치로, 「조양규와 송영옥―사적인 감정」, 『재일의 인권: 송영옥과 조양규, 그리고 그 밖의 재일 작가들 도록』, 광주시립미술관, 2000 참조.

21 『文承根展·資料』, 河工房, 2004.

22 같은 책.

23 Edward Said, *Orientalism*, Vintage, 1979.

24 Jean Améry, *Jenseits von Schuld und Sühne*, Deutscher Taschenbuch-Verlag, 1966.

27 徐京植, 「誰がフェリックス·ヌスバウムを憶えているのか?」, 《現代思想》, 靑土社, 2001年 6 月號 참조.

28 Stefan Zweig, *Die Welt von Gestern*, Bermann-Fisher Verlag, 1944.

29 같은 책.

30 같은 책.

31 Primo Levi, *I sommersi e i salvati*, Einaudi editore s.p.a., 1986.

32 *Jenseits von Schuld und Sühne*.

33 *I sommersi e i salvati*.

34 Primo Levi, *Il sistema pericdico*, Einaudi editore S.P.A, 1986 참조.

35 *Jenseits von Schuld und Sühne*.

36 ソン·ヒョンスク, 「ブラッシュストローク」, 《前夜》第 4 號, NGO前夜, 2005 참조.

37 ミヒーナタリー·ルモワンヌ, 「国家·人種·文化―三つの壁と闘う: コリアン·ディアスポラアーティストは語る」, 《前夜》創刊號, NGO前夜, 2004 참조.

38 金夏日, 『点字と共に』, 皓星社, 1990.

도판 출처